S P R I N G

每一本好書都是一顆種子，
春天播種在你的心田夢土上。

Spring

S P R I N G

每一本好書都是一顆種子，
春天播種在你的心田夢土上。

S P R I N G

每一本好書都是一顆種子，
春天播種在你的心田夢土上。

S P R I N G

每一本好書都是一顆種子，
春天播種在你的心田夢土上。

Spring

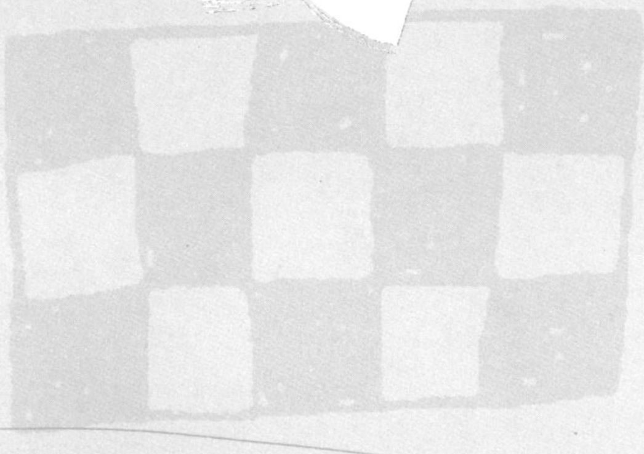

慢慢來，比較快

The slower, the faster.

九把刀 Giddens

常常有人堅信自己只是沒有遇到伯樂，
卻沒有想過自己到底是不是千里馬。
即便你是千里馬，那麼，終生未遇伯樂的千里馬多的是。
你並不寂寞。
所以問題回到最初。
如果你喜歡暢快奔跑，縱使未曾謀面伯樂，那又如何？

那便跑吧！

本書謹向東海社研所高承恕老師致敬。

慢慢來，比較快

目錄

序・人生的逗點

大概是今天第二還是第三次吧？

大門口又出現幾個探頭探腦的眼睛，眨著眨著，竊竊私語，猶豫該不該進來。

坐在門邊的阿姨發現了，立刻熱情招呼：「要找九把刀嗎？他真的在這裡啦！」另一個阿姨也笑道：「都來到這裡了，怎麼不敢進來！」

這一招呼，幾個高中生模樣的男生女生興奮地跑進來，開心地從袋子裡拿出好幾本書，瞬間在我的面前疊成一座小山。

「那個响……大家好啊。」我有點彆扭地笑著，開始簽名。

這個怪怪的場景，就在彰化二水的小小鄉公所。

想起來真是夠扯的，我跟二水鄉公所結緣的牽線人，是偉大的中華民國政府。

從現在起到明年七月，我的身分都是替代役役男，精確說是替代役分類底下的文化役，負責文化推展與社區營造的相關業務。由於我是彰化人，當初填志願的時候我自然選了彰化縣文化局，再透過抽籤分發到了二水鄉公所，展開一年四個月的偽公務員生涯。

這樣說有點難為情，但鄉公所的叔叔阿姨們對我的出現感到非常新鮮。

「九把刀，到底是哪九把刀啊？」這是公所裡的「大人」最常問的句子。

「啊你怎麼寫那麼多本書？那些靈感都是怎麼想出來的？」這個問題居次。

「67年次？你怎麼會這麼晚才在當兵？」這大概是第三名吧。

「九把刀？我兒子的書架上都是你的書啊！啊你可不可以叫我兒子用功點！」

嗯，嗯，當然可以，我最喜歡叫人家用功讀書了。

所有我以前回答過一千遍的問題，都得重新再來好幾遍。公所的阿姨們不可能看過我的小說，最多讀過幾篇三少四壯的專欄文，但她們的小孩可能都是我的讀者，這話題讓我們親近了不少。

如此熱熱鬧鬧地開始了我在二水的日子。

回想這些年專心致志在寫作與校園演講上，把自己的時間密度壓縮如鋼鐵，雖然覺得很戰鬥，年輕當如是，卻也常累到看著車窗上的映影發呆。甚至在新訓前一晚，我還剛好校完第三十八本書的紙稿，隔天一早匆匆將稿子裝進牛皮紙袋交給我媽代寄後，才搭上前往人間煉獄成功嶺的專車。就是這麼忙。

逃出成功嶺，又下了專訓，來到這純樸的農業小鄉，自有一番風景。

二水唯一跟「熱鬧」搭得上邊的，就只有火車站前面一條街，便利商店區區三間，居民僅七千多人，猴子……則有數百。

白天除了學校教室，鄉公所篤定是全二水人最多的地方。

晚上只要過了八點，什麼都靜了下來。

最不可思議的是，二水唯一一間漫畫租書店不開放現場借閱，非得租走才能看，堪稱一絕，害我看漫畫的時間驟減。

曾經在我身上完美作用的超高速時間，在這裡通通不管用。

我相信，人生沒有意外。

此時此刻我之所以來到二水，一定有生命上的意義。

為了維持從成功嶺上僥倖撿到的好體能，如果有幸在早上七點前醒來，我就會去二水國小操場跑三千公尺。跑完收工，回宿舍洗個澡就準備去鄉公所上班，途中買包超好吃的二十元乾麵當早餐，中午吃生菜沙拉試圖減肥，晚上再到唯一一間有冷氣的便當店看報紙吃排骨飯。

規律得很。

規律得完全不像以前忙著衝刺的我。

吃飽飯後，我會到二水超市前面唯一一台投籃機投幾場，用分數預測一下明天的運氣，然後抖著快抽筋的手回宿舍寫點東西。YES，就是小說——進度異常的慢！

我住在不到三坪大的小房間裡，整層樓就只我一個人，走廊上青色燈光照撫著剛晾好的衣服，氣氛有點靈異卻不恐怖，至少沒有恐怖到晚上我會不敢去廁所而尿在寶特瓶裡。

除了鬼，能夠妨礙創作的人就只有我自己。

只要靜下心來寫足兩個小時，就是滿足的一天。

老實說服役期間竟然還可以寫小說，真的是很奢侈。

奢侈到很多人都哭巴好奇我平常在鄉公所到底在幹什麼，難道都在MSN嗎？上班時可以MSN的話我頭給你。

在鄉公所服替代役，忙的時候就寫寫社區課程的計畫、寫企劃案、活動記錄等等，比起天馬行空的小說，那些文謅謅的公文格式真是要了我的命——不是難寫，而是「義正詞嚴」得很彆扭。

至於不忙的時候……

「九把刀，吼！你要多幫二水宣傳宣傳啦，行銷一下咱們二水的特色！」鄉長總是這麼嚷嚷：「讓一年一度的跑水祭多一點人潮！」

的確。

二水小地方，卻有迷人的大特色。

位於集集線的第一站，平日悠閒寧靜有它的風味，但假日卻少了集集線一貫的人潮，沒辦法帶動地方的服務業，人口逐漸外流，真的很可惜。

有緣來到二水待一年，就想為二水多做一點事，即使我的弱項比大便上的蒼蠅還多，但強項就是寫東西，加上有一大群會固定瀏覽我網誌的讀者，兩者相乘，希望有越來越多人看到二水優美的景致，興起來二水一遊的念頭。

於是我會帶著單眼相機到處走走，拍點地方風光，例如接引濁水溪的八堡圳、台灣獼猴遛屌逛大街的松柏嶺、一路水果相迎的二八彎古道等等，通通放進我的網誌裡寫介紹。

最讓我興奮的，莫過於二水滿山的台灣獼猴。

那些猴子真的很欠揍，平常會成群結黨跑去搜刮農民辛苦栽種的水果，吃相也很難看，據說有的水果咬一口就隨手丟了，簡直討打。但台灣獼猴屬於保育類動物，別說宰了，連抓都不能抓，搞得許多農民龜藍趴火，據說要去議會督促修法對付那些猴子。

但對我來說，可以在松柏嶺近距離看到那些猴子，真的是太猛了。

◀小內幫我這種白癡笑臉起了個名字：「貍貓笑」。
在二水到處晃來晃去，心情總是很好，即使下雨了也沒什麼了不起，擦掉眼鏡上的水珠還有種過癮的感覺。
老天爺給我這個五星級的逗點，真夠意思。

記得那天我要去拍猴子時，女友小內特地來跟我會合。她超喜歡猴子。我們沿著豐柏廣場旁的健行步道走上去，太陽大到我的頭髮都捲了起來。

我很擔心如果看不到傳說中有夠多的猴子，遠從台北下來的小內會失望到跟我切八斷。

「這麼熱，真的有猴子嗎？」她淡淡地說。

「應該啦，這種事誰也說不準的。」我怕得要命。

「我覺得，一定看不到。」小內看著地上的影子。果然快發飆了。

幸好就在此時，一隻大剌剌走在柏油路上的猴子讓我們瞪大眼睛。隨後遠處有一大堆猴子正朝我們走過來，數量之多好像是假的一樣。

沒有辦法了，有道是：「一根紫竹直苗苗，送給寶寶做管簫。」我只好躺在馬路中間，放空，看看那些猴子會不會把我踩過去（什麼東西啊！）。

結果沒有，畢竟我的身上從小就有藏不住的先天殺氣，那些猴子看了我一眼就繞道過去，往旁邊的竹林攀著爬著，開始從事非常枯燥的猴類社交活動。

「快點起來啦！有好多好多猴子喔！好假喔！哈哈哈……你看你看那隻小猴子，長得好好笑喔……喂！快看啦！」小內興奮地拿起單眼相機拍拍拍，終於恢復她身為一個可愛女孩的樣子。

我們就這樣扮演城市土包子，以十步的近距離被那群猴子觀賞。

「真想一口氣揍扁這些猴子。」我嘆氣，看著正在摳屁股的猴王。

「為什麼？」小內隨便理我一下。

「就像魯夫幹掉幾百隻功夫海牛那樣，我也想當這些猴子的師父啊。」我悠然往之：「這樣以後我上山時，不就會有幾百隻猴子把我圍住，爭著請我吃偷來的香蕉嗎？如果我吃了，牠們一定會很開心。」

「好酷喔，嘻嘻嘻嘻嘻……」小內專門笑這種無聊的笑話。

不久後，一台破舊機車停在我們身邊，一對剛採收完絲瓜跟芭樂的歐巴桑歐吉桑自信滿滿地下車，一屁股坐在地上。

幹什麼呢？這兩人拿起芭樂削了起來。

一瞬間，所有的猴子都乖乖圍旁邊，用哀求的眼神乞討歐巴桑手中的芭樂。

「你，過來！」歐巴桑扔了一片芭樂，那猴子如獲至寶地跑走。
「你沒禮貌，不給你吃。」歐巴桑瞪著一個伸手就抓的猴子。
「來，小孩子借我抱一下再給妳吃。」歐巴桑最喜歡對頸子纏繞著小嬰猴的母猴說這一句。
但，怎麼可能啊！
就這樣，兩夫婦餵得很爽，猴子也吃得很爽，小內跟我則跟猴子一起坐在地上，很歡樂地看著這一切。
不過好怪。不是說當地的農民都很討厭猴子嗎？怎麼跟我看到的不一樣？
「好好玩喔！」小內樂壞了，一直亂叫亂跳個不停。
此時歐吉桑看著我，將一條大絲瓜削開，丟了一塊在猴群中，那些猴子理都不理。「少年的，猴子，不吃絲瓜。」歐吉桑淡淡解釋。
靠，那你削來幹嘛啊？
「要吃嗎？」歐吉桑拿了一個芭樂在我面前晃。
「不要。」我又不是猴子。
雖然餵食野生猴子很不對，會使猴子逐漸失去在大自然裡的競爭力，而且也會增加日後猴子因肚子餓攻擊一邊吃大亨堡一邊遊山的遊客的可能性。

但是，唉，現場看到這兩夫婦餵猴子，心中頗有親臨Discovery頻道的感動。就暫時專注在感動上好了。

很好玩吧？

只是當我在外面拍照記錄的時候，若有讀者跑到鄉公所找我，我一接到電話就得立刻結束手邊工作，回到鄉公所替來訪的讀者簽名、合照。囧，這也是人生沒有意外的環節之一，我成了固定式標靶，讀者擦一擦油燈，我就得匆忙出現。

「九把刀，你喜歡二水嗎？」很多二水本地的男孩女孩都會問這一句。

「很喜歡，這裡超讚的。」我說，這可是心底話。

說到這裡，就不得不推一下公所的阿姨們了，她們實在太可愛，對這些遠道而來的讀者不僅不排斥，還準備一本漂亮的「來訪簽到簿」請他們在上面簽名（我視那本簽到簿為我的業務）。

當然了，公所阿姨們也會趁機推薦：「十一月的跑水祭要來參加喔！」

為地方宣傳既然是我的服勤內容，以二水為題材寫篇小說就是我的伸卡球了。

仔細研究過二水的地方傳奇後，我對「跑水」這個擁有三百年歷史的祭典很驚豔，正在寫一篇關於跑水祭的熱血小說（現在寫完啦！）。

有了基本的想法，我就開始在鄉公所戰鬥了。

我爸總是希望我可以去考公務員比較安定，我辦不到，現在整天在跟公所阿姨們聊天聲中敲打鍵盤，也算大概體驗了一下公務員的生活。

以前老想著要做出很猛的事，讓這個世界因為我，而有小小的不同。

但所謂很猛的大事，隨時都可以去做，此時平淡規律的生活卻彌足珍貴。

如果說人生就像一篇文章，那麼，沒有人能夠一口氣從頭念到尾而不須喘氣。

藉著服役，我正停在人生的逗點上，這樣很好。

就讓我用慢慢來、比較快的節奏，去享受這一年的從容吧。

網路小說家的貼文責任

上個月剛從大陸宣傳新書回台，收穫亂七八糟。

在大陸對所謂的作家有著嚴格的血統論，初始的寫作方式決定了你的文學姓氏，你若是寫了幾首詩闖出名號，那麼你以後轉跑道寫小說，你便是「居然會寫小說的詩人」；如果你是在網路上寫小說「出道」的，那麼即便你以後拿遍了嚴肅文學的獎項，你還是會被冠上「網路小說家」的稱號。

被冠上網路小說家的稱號也沒什麼，尤其前幾年網路小說在實體書市場蔚為風行的時候，許多以暢銷為己任的新興作家恨不得自己的書皮上可以貼上這樣的標籤。

但現在網路小說的錢景沒以前欣欣向榮了，又常給人「不過就是將租書店言情小說那套，拼貼轉製成了校園愛情小說罷了」的廉價感，文學氛圍低兼又內容貧乏，於是網路小說家便成了人人避之唯恐不及的帽子，有些以前搶著在書皮上掛網路小說家名號的人，現在紛紛表示自己早已脫離在網路上寫作的「廉價生產方式」，邁入了所謂專業作家的神祕領域。

以血統論來說，我是個血統低賤的網路小說家——叛逆的是，我還以此稱號為喜，可說是賤到骨頭了。在網路上發表小說，豈止廉價，根本就是分文不取。「價錢決定價值」的觀念深植在父執輩的腦中，長輩一聽到某某人在網路上發表小說讓人看免錢的，就會替我感到萬分彆扭。

我聽過的對話，例例皆辛酸。

我大學剛畢業。

「田田啊，畢業以後你都在做什麼啊？」慈祥的長輩甲。

「都、在、寫、小、說、啊。」我蹲在椅子上，用大便的姿勢敲鍵盤。

「啊？寫小說？啊你是都在哪裡寫啊？甘嘸出書？」

「還沒出書啦，我都在網路上寫啊。」

「蛤？網路？啊不就給人看光光啦？」

「對啦對啦。」耳朵紅。

我研究所畢業。

「啊田田你現在還在寫網路小說㖓？」和藹的長輩乙。

「對啊，每天都馬在寫小說等當兵。」我對著螢幕目不轉睛。

「安捏甘好？啊怎麼沒有認真找工作啊？」

「啊我就是靠寫小說討飯吃啊！」耳根子燒燙。

「安捏一直寫一直寫，啊是有沒有出書啊？」

「有啦有啦。」

「啊人家都可以在網路上面看免錢的，出書怎麼還會有人買啊？」長輩乙裝得一副語重心長。

「這我有什麼辦法……可能是出版社太有錢了，亂做公益吧。」

「對了，都出書了，怎麼沒有送一本給我？太見外了喔！」

「……」

話說一無所長的我自從開始專職寫作後，

便接了一些報章雜誌上的邀稿，於是我沾沾自喜將預備發表在網路上的長短篇小說，拿去對付這些連載與專欄邀約，打算等平面媒體把稿費丟在我的臉上後，再把那些作品貼在網路上。

以往是先將故事發表在網路上，再集結出書，這下可好，順序一顛倒，許多網友便氣得跳出來指責我「忘了創作的初衷」，只曉得巴著媒體領稿費，卻忘了他們迫切需要看我的免費小說餵養他們飢渴的靈魂！

他媽的，有人會用相同標準去要求張大春、金庸、駱以軍、黃春明，將小說無償放在網路上供人分享麼？

不會嘛！甚至完全不會有這樣的念頭！一樣從事創作，無關廉價不廉價（古人寫小說哪有版稅可拿？羅貫中也沒法源基礎去跟天橋說書先生討版權使用費，但三國演義可是酷翻啦！），網路小說家顯然大方多了。

然而，在網友的圍剿下我竟然冷汗直冒，以「自知理虧」的姿態在網路上搖尾辯駁，還趕緊補貼了幾篇小說謝罪。

哎，網路小說家就是這麼賤。

▶背景是彰化王公海邊。到的時候已經四點多，天色有些混濁，看起來隨時都會下雨，經過我溝通一下後天色就好多了，還在路邊看到兩隻羊，其中一隻吃了我的牛奶冰棒。對了，炸蚵仔跟蛤仔湯都很好吃。

網路小說是什麼鬼

我很討厭聽到別人說一些……什麼文學類屬根本不重要，重要的是要寫得好、寫得開心就好之類的話。那很好啊，既然名稱跟形式都不重要，那你把要出書的作品丟過來，我幫你隨便取個書名，封面也由我來塗鴉，課以嗎！課以嗎！

解剖網路小說的「定義」沒什麼了不起，主要是幫助討論，與轟炸一些狗屁倒灶的謬論。所謂的定義，基本就是要區分誰是、跟誰不是。而好的定義，具有顯而易見的鑑別標準，並能藉排他的過程凸顯出主體的特別之處。

首先來論不是網路小說的部分：

（1）不是「在網路空間發表的小說」就是網路小說。作品在完成後、甚至出版後才於網路上張貼發表，當然不能算是網路小說，因為其寫作過程並未與網路發生關係。所以把紅樓夢貼到網路上，當然不能算是網路小說！

（2）不是「故事內容須與網路生活相關」的線上書寫才能稱之為網路小說。網路小說在類型學上與大部分輕文學實體書的分類是相當一致的，有歷史、言情、武俠、奇幻、恐怖、推理、架空、心情記事、狗屎塗牆等，只是網路小說向「校園愛情」看齊的比例遠高出實體書小說。以類型學來定義可說是完全的錯誤。

（3）網路小說並非指「多媒體文學」，儘管兩者之間可能相互重疊。多媒體文學可以藉由聲光影像去豐富使用者的感官，但多媒體文學可能是錄製在光碟上或固定的程式運作上，並非靠網路去支撐它的特性。所謂用多重支線的安排去製造所謂的「互動」，然這些互動是使用者與機器邏輯之間的一種經過程式設計、有限度的互動，而非人與人之間的互動——尤其是「人與陌生人」。

網路小說的定義，當然得表現出網路的時間、空間的相對特性：

（1）從網路的空間特性來看，作者不只是在眾目睽睽之下寫作，也是在虛擬的人際網絡關係中寫作。

（2）從網路的時間特性來看，故事的發表鮮少是一次貼完的，而是以小章節斷裂、慢慢延續的；因此故事所得到的讀者回應是即時的、同樣斷裂的，而讀者的回應往往非常大量而迅速，程度上也影響了其他讀者的閱讀觀感與經驗（集體閱讀）。

第二個定義尤為有趣。

在平面市場上我們所接觸到的都是已完結的成書，至多是分冊但未結束的故事

（如哈利波特），然而以「第幾本」而非「第幾回」作為閱讀時間的斷裂，效果不大，而報紙或雜誌上的長文連載，也多半是全稿已經完成，更稱不上是真正的連載。

網路小說發表的過程充滿了斷裂，所以閱讀的經驗也是斷裂的，在時間的斷裂縫隙中不只充滿了讀者對故事劇情的意見與討論，也充滿了作者自我宣傳手法的影子，以及故事之外哈啦的生活話題。這種斷裂式的寫作與閱讀跟日本漫畫於JUMP週刊連載的文化頗有相似之處。

既然在小說創作的體裁與語言敘述上跟實體書小說沒有真正差異（品質良莠不齊不能計入特色，因為實體書市場照樣鳥書滿倉庫），所以網路小說的真正特性並非表現在「網路小說的最終狀態」，而是「網路小說在進行的過程中，如何受到與讀者的互動影響文本的創造與發表」。

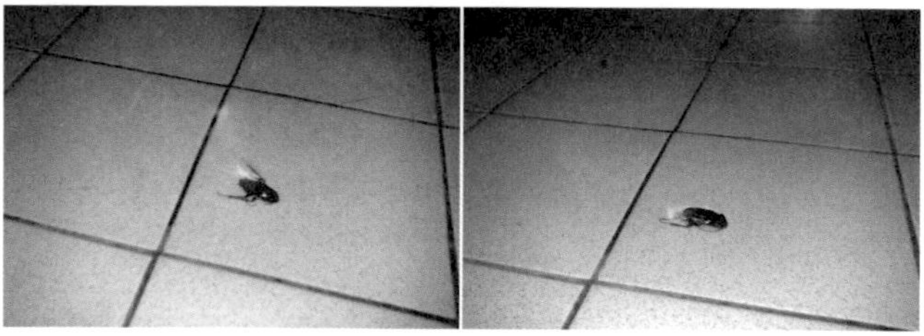

▲燒小強的方法是這樣的：
用含酒精的芳香劑噴向小強，再用迅雷不及掩耳（幹嘛掩耳）的速度拿出十大武器之末的電擊拍壓牠。聽得啪地一聲，小強立刻就會又香又成熟，此時拿出兩片白吐司、去邊……喂！
幸運的話，還可以看到著火的小強飛起來，變成螢火蟲喔。

進一步說，雖然作者並不一定會在與讀者的互動過程中去調整文本的任何書寫與發表節奏，但「作品必須是處於可能受影響的狀態」，如此才能體現網路小說的真正精神。

統合以上面向的特性來看，我想若將網路小說定義成『作者在公開的網路空間中定期、或不定期發表未完成的小說』，將會非常適切。

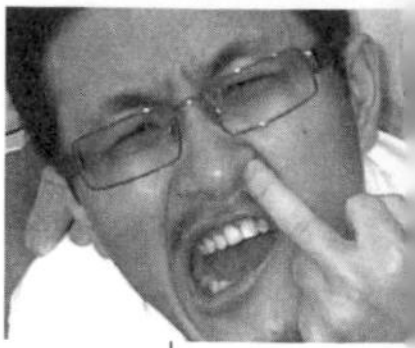

無知就是力量

我的運動細胞很差，不管什麼樣的運動都是半吊子。

團隊運動容不下我這運動蠢才，尤其打籃球最擅長幫隊友製造搶籃板的機會，要不就是被派去守敵隊的殘廢。脫離了高中體育課後，我就沒什麼再碰過團體運動，轉向即使很爛、也是一個人獨爛到底的保齡球與游泳。

游泳這個運動我也是貫徹始終的低能，從小我就是憋著氣、在水裡用非常不標準的蛙式強行悶游（蝶式的手勢、加上猛打水花的蛙腳），游到憋不住氣了再站起來喘口氣、然後繼續憋氣前進。

由於不拖累任何人，我這麼個瞎游倒也混了好幾年。

「柯騰，你幹嘛不學換氣？」廖該邊摘下泳鏡，頗不以為然。

「呼……我又不是在大海裡游，是在游泳池耶！在游泳池游到快沒氣了再站起來喘一口氣，繼續往前游就好了啊？而且這樣憋著氣游游習慣了，肺活量一定很強！」我喘著氣，擦掉眼角的水。

「要是你有一天要去海裡游怎麼辦?」廖該邊還是覺得怪。

「我游到快掛了,難道不會用水母漂喘口氣啊?」我一點也不以為意。說是任性也好,還是個性太隨便也罷,總之不會換氣也沒什麼了不起。如果上帝覺得人類應該在水裡游來游去而不是好好站著,就會給我們一對鰓,而不是肺嘛!

記得大學二年級的暑假,我們一群死黨為了省錢合買月票,每天都約去游泳。平常看起來一拳就可以貓倒的許勃起,竟是我們之中游得最好的,他隨便撥個水踢個腳,就把我們遠遠拋在後面。

賴姑討就遜了,平時打籃球妙傳起來像神,但一下了水就變成一條死魚,無論如何也游不快,如果我想吃免費的麥當勞甜筒,最快的方式就是跟賴姑討挑一場五十公尺。

手長腳長的廖該邊什麼運動都學得很快,還沒學會換氣,他就很熱衷跳水。

某天,有個綽號叫「熊」的資優生同學林景培也跑來跟我們一起游泳。熊游得很快,差不多就跟他解數學題一樣快,不知道他發什麼神經,熊提出跟我尬游泳的想法。

比游泳,我是游不過熊的,不過如果比頭腦,那大概還有辦法獲勝。

「比賽OK啊。不限定什麼式吧？」我問，選了靠邊的水道。

「你不是只會蛙式嗎？那就比蛙式吧。」熊很臭屁。

「不必啦，你可以用自由式跟我尬啊！」我調整好泳鏡，說：「不要到時候輸了還一堆廢話。就比五十公尺，預備？」

「預備……」熊曲腿，深深吸了一口氣。

「開始！」

熊一蹬腿前進，我就轉身上岸，沿著邊線用「跑」的往前衝，直到接近終點才跳入水裡，用拙劣的蛙式從容「抵達」，在終點等待用自由式比賽的熊。

當差我一大截的熊冒出水面時，簡直不敢相信自己的眼睛。

「柯騰你游得真快！我差你差太多了！」熊大受驚嚇。

廢話，我用跑的難道還輸給你嗎？

「以後要謙虛點啊！」我教訓失魂落魄的熊。

不過亂游也有個限度。

某天，由於我太想看我喜歡的女孩子穿泳衣的模樣，我突然興起想教她游泳的念頭。但我總不能跟她說：「佳儀，所謂的游泳，就是憋著一股氣在水裡撥水前進，沒氣了就停下來呼吸一下再繼續就可以了。」

那未免也太丟臉！

總算有個必須學會換氣的理由後，我終於開始認真摸索換氣的方法。在沒有人提點的情況下，我費了幾個狂吃水的下午，終於「領悟」了換氣的奧祕——那就是在氣竭之際，奮不顧身將頭死命拔出水面，用超光速吐出一口氣再吸一口氣就對了！

那天下午，我得意地向全世界宣佈自己終於進入了「真正會游泳」的境界。

「屁啦，這樣就算會換氣了嗎？」許勃起不以為然。

「應該是吧？大概平均三次才會有一次換氣失敗，不過這樣已經可以讓我一直一直不停游下去了。」我泡在水裡：「以後慢慢練，就可以提高成功率。」

「還是乾脆我教你真正的換氣好了？」許勃起瞪著我。

「不用了，我這樣……很好！」我抖抖眉毛。

「喂，你這樣就想去教沈佳儀？」

「對啊。」

許勃起難以置信地看著我，說：「柯景騰，你會被笑。」

我否認：「不會。」

話說那年夏天還有一個重要的懸念，就是我想要一台摩托車。

有了摩托車才可以載妹夜遊，才可以去遠一點的地方家教，才可以自由闖蕩，才可以瀟灑流浪，才可以做很多很多年輕人該做跟不該做的事。

不過我的存摺永遠都很薄，要買一台三萬塊的摩托車，靠零用錢慢慢積攢也太不切實際，唯一的方法就是找打工。說起打工，公認最有效率的就是家教了，當時最爛的行情也有每小時兩百五，要存錢一定很猛。

然而我印了幾百張推薦自己的家教傳單在附近的國小發放後，連續幾天只接到寥寥幾通沒有下文的詢問電話。撇開家教，我去應徵麥當勞的員工，麥當勞卻不要我這種只能打工一個夏天的短期僱員。

就在我快要放棄打工的午後，廖該邊提供了重要的賺錢情報。

泳池邊。

「柯騰，你還在找打工嗎？」廖該邊趴在岸上。

「YES！」我半張臉浸在水裡。

「柯騰，據說救生員每個小時有兩百塊到兩百五十塊錢耶！」

「什麼！是在麥當勞炸薯條的三倍！」我大驚。

「對啊，什麼都不用做，只要穿條紅褲子坐在椅子上曬太陽，偶爾看到有死小孩在池子裡大便就吹吹哨子，這樣就有兩百多塊！所以我想把游泳練好，以後去考救生員，這樣打工就輕鬆多了。」
「考？救生員也有執照喔？怎麼考？」我的腦中浮現出一台嶄新的摩托車。
「你真的要考？考試日期就在今天耶！」廖該邊笑了出來。
選日不如撞日，當天黃昏我就在廖該邊的陪同下騎車衝上了八卦山體育場，報名參加救生員的訓練甄選。現在回想，當真是英雄出少年！
情形是這樣子的：我要先通過救生員的基礎測試，才能參加救生員的訓練，訓練結束後還得通過真正嚴格的考試才能領到執照。
我換好了泳褲站在池邊，幻想著當上救生員之後的打工高薪時，卻被教練的可怕要求硬生生拉回現實：一百公尺蛙式，一百公尺自由式……全都得在五分鐘內用標準姿勢完成。
聽到條件，我傻眼了。
「怎麼辦，你辦得到才怪！」廖該邊歪頭。
「辦不到是鐵定辦不到，但臨陣脫逃這種事……」我也歪頭：「我更辦不到。」
「你會死嗎？」
「不會……吧！」

「吧？」

下了水，我更傻眼。

泳池非常深，黑壓壓的研判至少超過三公尺，完全踏不到底，在昏暗的光線底下疑似有巨大的水草隨波搖晃。厚厚的青苔爬滿了池壁，摸起來好像是軟軟的貓毛。

帶賽的是，按照報名順序我被分配到最中間水道，一旦力氣用盡又踩不到底休息，我就準備沉下去當水鬼。

該死。

但我絕對不能死！

哨聲一響，我就斜斜地、寡廉鮮恥地游向最旁邊的水道以策安全，然後才慌亂地前進。先是一百公尺蛙式，由於有測驗壓力，我那極不成熟的換氣方式讓我一路邊換氣邊吃水。吃水會讓人噁心想吐，但我也管不了那麼多，只能保持冷靜，當作是補充水分。

接下來往回游的一百公尺，原本應該用剽悍的自由式，但我哪會啊！所以我還是用可怕的無恥催動我自行研發的殘障蛙式，在嚴重超時下繼續前進。

三十幾個受測學員都在池邊摳腳發呆了，我還在長滿水草的深池子裡幻想我的新摩托車，引擎的咆哮聲彷彿已在耳邊。

「超屌的！我這遜咖居然跑到這種地方虐待自己！」我吃著水，暗暗好笑。肚子越喝越飽，我的心態卻越來越輕鬆。我想，十年後的我一定會覺得現在的自己笨得很酷，一定可以用炫耀的語氣跟朋友說這件事。

不知道超時了多久，我在大家同情的眼光中，臉色蒼白地爬出水面。

教練走向九死一生的我，滿臉的感動。

「柯景騰，你的成績很差！」教練拿著報名資料。

「……」我好冷。

「但是，我非常感動。」教練虎目含淚，似乎是看見了萬中選一的游泳奇葩。

「蛤？」我好疑惑。

「你有信心完成接下來的訓練嗎？」教練看著我的眼睛，臉在抽搐。

我查了一下我的人生字典。

「有耶。」……就是翻不到恥字。

「那好！我讓你測驗勉強及格，歡迎你參加救生員訓練課程！」

教練拍拍我的肩，雙腿無力的我差一點就被拍倒在地上。

所有學員拍手鼓勵，我像剛得到金酸莓獎的明星氣喘吁吁揮手致意。

▲總是有人問我，那本《那些年，我們一起追的女孩》是不是真的故事？嗯，故事最後的場景就在這張照片裡了，大家都很夠意思，沒人得逞，所以合照的氣氛很好。從最上面開始，由左至右分別是杜信賢、該邊、張家訓、楊澤于、阿和、我。

我以為就此打住，可以回家吐水了，不料測驗結束後就緊接著第一天的訓練課程。由於我的基本動作實在太爛，不管教練怎麼要求大家用單手蛙泳、抱人捷泳，我都只能用千篇一律的蛙式應付，而且——一定在哨響瞬間，毅然決然從中間水道游向最邊邊的水道，靠著安全的邊線前進，可以說糗到家了。

搖搖晃晃回家後，仔細想想，溺死並不在我的人生規劃裡，於是我第二天並沒有回到長滿水草的泳池報到，辜負了教練的殷殷期許。

「人生就是不停的戰鬥」這句話，完全不適合那個時候的我。

無知就是力量，才是我那年夏天的座右銘。

童年的荒謬魔法

對於不明白的事物，小時候的我總是用自己的想像硬做解釋。

電視武俠劇裡，角色激烈互砍後飛斷了一隻手，或是眼睛被壞人戳瞎，角色痛苦慘叫，電視機前的我也很嚇，心想：「這個演員一定拿了很多錢，才願意把手給剁掉吧。」

看見配角被一腳踢翻、從山頂摔死，忽地砰了好大一聲，我也會想：「真可憐，他家一定是很缺錢才會叫他去死。」

有時看科幻片，小配角被死光整個溶解或爆炸，我會同情他為戲犧牲的拚勁，並衷心祈禱導演拿了很多安家費給他家人。

那時，電視就是魔法的代名詞，在我心中演員是非常不可思議的職業，尤其是看到武俠片裡高來高去的輕功，完全就是目瞪口呆的份。

後來爸爸買了一整套漢聲小百科雜誌，某期解釋了電視特效的基本原理，例如保麗龍噴漆後變成石頭跟假山、打雷的音效是因為晃動薄鋼板發出的、被砍掉的手

座右銘就是自己的隨身slogan，是意識形態的名片，慎重對待也是很合乎邏輯滴。遜一點的咖，就去找戴晨志苦心研發的勵志短語，要跟流行就去看周星馳的電影，穿鑿附會說：「只要有心，人人都可以成為食神。」

硬要耍帥的就自己掰！

我常把勉勵自己的話寫在書上：「說出來會被嘲笑的夢想，才有實踐的價值；即使跌倒了，姿勢也會非常豪邁。」每說一次我就精神振奮一次，腦下垂體自我催眠般湧出力量。然壹週刊的記者歪著頭問我：「那怎麼樣算跌倒了？」我卻說不上來。

好難，在寫小說的路上跌倒的意思，是靈感擠不出來？退步？還是賣很爛？

我也常說：「人生就是不停的戰鬥。」很酷，但如果你問我什麼是人生的戰鬥？我會說，就什麼都是戰鬥啊！說了等於沒說。

常常，座右銘有時候是一種很可笑的東西，解剖之，往往就是你硬要說而已。

我有個愛打籃球的紅頭朋友，他的座右銘是：「左手只是輔助。」如果你不問他為什麼左手只是輔助，幾乎會認為他是手槍協會的榮譽會員。

還有一個變裝癖朋友，他把座右銘寫成一個立牌隨身掛著：「同一種招式，對付聖鬥士是無效的。」是的，我同意，但你在扯什麼啊！看我的廬山昇龍霸！

座右銘既然身為座右銘，就程度上約制擁有它的人的生活，馬英九的口頭禪：「一切依法辦理。」讓他在罷免陳水扁總統的示威人潮裡還突兀地硬要走斑馬線上台演講，讓人傻眼，沒有一點革命領袖的風範。

到底是一種虛假的妝演，還是一種眾所期待的不得不？

話說回來，硬要照著座右銘的意念而生存，久了會變成一股怨念。

「我的忍道，就是有話直說。」一個愛好修煉忍術的朋友老是碎碎唸：「總之，我一定要成為火影。」一開始我覺得他還蠻有理想的，但他每次見面就要覆述一次，我煩都煩死了……最好是你快點成為火影，省得怨念越滾越大！

對了，答案揭曉：周杰倫。

——「我就是屌。」

▲往二水松柏嶺的路上看到的招牌，由於無聊便拍了下來。只是我有個疑問，牛糞可以賣去當有機肥，那豬糞也可以賣嗎？
如果可以，人糞大概也差不多可以賣了。
缺錢的青年朋友們，輸給豬可就差勁了，快拿起塑膠袋打工吧！

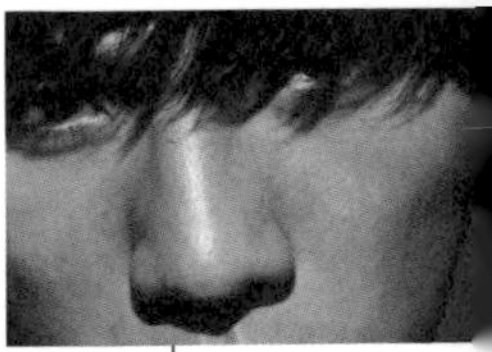

很周杰倫的墓誌銘

巴士大叔說得好：「你有壓力！我有壓力！」

用力活著很有壓力，名人要死之前還有一種高尚的壓力，就是想辦法弄一個好句子刻在墓誌銘上。不管是最後的幽默還是自我安慰，免不了要讓老百姓看看自己與這個世界最後的關聯長什麼樣。

如果事先沒想好就意外翹毛了，最好在墳墓裡祈禱有個了解你的好朋友。

例如馬克思的墓誌銘：「全世界的無產者聯合起來！哲學家們只是用不同的方式解釋世界，而問題在於改變世界！」這麼有氣魄的話，我猜是好友恩格斯幫了大忙。

生前看不開，死後怨念不散的也大有人在。

篤信原子存在的物理學家玻爾茲曼，一生都為了原子論與唯能論奮鬥到底，晚年性格漸漸趨向偏執火爆，最後終於採取激烈的自殺結束自己的生命。玻爾茲曼給自己下的墓誌銘：「S= K ln W」，死後也要用冷冷的碑石向世人咆哮。

作家尤其有壓力，連死之前都要先想好墓誌銘要寫什麼，免得一生最後一篇文章做壞掉，整個人生前功盡棄。

我用Google搜尋了一下文學先烈們的墓誌銘，許多人洋洋灑灑好幾行詩，或是來段意境雋永的文章，累贅無比。不過如果金庸大師日後羽化登仙，未發表的百萬字武俠小說赫赫刻在高聳入雲的碑石上，倒也不失江湖美談，相信會有許多出版社氣急敗壞跑去吊鋼絲墨拓下來。

當初在網路上連載第一篇小說時，窮極無聊研究起自己葛屁後要寫什麼在墓碑上。想了想……「請不要在這裡尿尿」？不好，嚴格來說沒創意。

又想……「請不要在這裡打砲」？

咦！這個有點意思了，不過我真的是這麼想的嗎？

咳……「請在這裡打砲！」

吼！對啦，我真內行！就這麼拍板定案！

我現在還是不改窮極無聊的職志，隨便挑幾個當今之世的名人開刀。他們風光的時候我沒份幫他們想座右銘，他們入土前倒可以參考一下我的建議。

以諡號論：

邱毅：自謚中華民國衝車大將軍，兼謚護國爆料大學士（應該在墳前附個鐵簍子讓大家燒爆料訴願單）。
宋楚瑜：中華民國榮譽大總統，欽此。
周杰倫：一根屌長眠於此。
周守訓：顛覆恆等式的驚世天才。
李敖：自謚白話文作文比賽第一名，第二名，第三名。
江田島平八：我是男塾塾長！江田島平八！（是的是的，有誰不知道嗎？）
以豪洨論：
馬英九：本人葬在這裡，一切依法辦理。
林瑞圖：看！這次我真的自殺了。
許信良：（大慟）天命竟不在我？
趙建銘：誰都知道陪葬在我身邊的是哪位。
怪醫黑傑克：王大人！王大人呢！
郭敬明：抄襲沒什麼，看你敢不敢，做出來好不好罷了。（喂！這句話我好像在哪裡聽過啊！）
富姦：作者地獄取材。

我看過最感人的墓誌銘，並非出自大文豪或大思想家，而是語出一位罹患急性白血病的小女孩余豔。在她將各方捐助的善款分給了七位同樣徘徊生死的病童後，年僅八歲的余豔安然離世。

她的墓誌銘上寫著：我來過，我很乖。

（杰威爾音樂提供）

▲我喜歡Jay的音樂，手機鬧鈴用的是〈爺爺泡的茶〉。
我跟Jay在兩年前有過一面之緣，當面跟他說我剛聽了〈飄移〉覺得超熱血，讓他精神一振，跟我說了一些其實我沒有聽懂的話。
當然了，我也說了一個故事給他聽，但顯然說得沒寫得好，哈哈。

買夢賣夢的紙箱國

不住彰化的人也都曉得彰化肉圓跟八卦山大佛，但連當地人都很少知道某天橋下神祕的紙箱國。

其實紙箱國並不特別隱蔽，也不是垃圾蒼蠅的骯髒地盤，只是在地人都下意識避開那個流浪者群聚的地方，久而久之大大小小的紙箱就在天橋下、鐵軌邊自成一個奇異的王國。

是的，那裡到處都是紙箱，折平的、攤開的、封好的、新的舊的，但與其說是紙箱淹沒了天橋下，不如說是寂寞夢成了海。

紙箱國並沒有國王，只有一個黑草男。

黑草男是誰沒有人曉得，也不需要曉得，進入紙箱國也不需要誰的同意。

只要了解與黑草男的交易方式，就能在紙箱國裡取得想要的東西。

夢。

從小我就是惡夢的容器，一睡著，就被鬼追。

各式各樣的鬼。

上了大學我懷疑自己得了憂鬱症，掛了幾次門診。

「還老是做惡夢？」

「每天呢，簡直停不下來。」

「我上次開的安眠藥呢？吃了有沒有幫助？」

「幫個屁，只是拉長我做惡夢的集數。」

於是精神科醫生不再廢話，給了我更實惠的建議。一張到紙箱國的地圖。

傍晚我依照地圖的指引，來到原來我並不陌生的天橋下。

黑草男抽著菸，眼神空洞地坐在石墩上，看見我就像看見空氣。

幾個遊民樣的人物蜷縮在紙箱裡睡覺；兩個穿著西裝的上班族把自己塞在原本拿來裝電視機的紙箱裡呼呼大睡；一個歐巴桑像肥蠶一樣繭縮在快要撐破的紙箱裡，菜籃就放在紙箱外。

那樣的畫面一點都不突兀，超現實地與這個城市的底層靈魂鑲嵌在一起。

大剌剌走到黑草男面前，他才勉強注意到我。

「第一次？」

「嗯，藍醫師介紹來的。」

「買？賣？」

「……賣好了。」

黑草男將菸撚熄，帶我走到幾個空蕩蕩拆好的紙箱前。

每個紙箱都可以勉強容身，有些是用小紙箱拼拼貼貼，瞎湊成一個大的。

「找一個喜歡的窩進去。」

「睡覺？」

「醒了叫我。」

我不懂狀況，半信半疑地找了個原本拿來裝冰箱的大紙箱，小心翼翼窩進去。

在日與夜的交界，天橋下的空氣有點凍，我像其他人一樣將身子縮了縮，閉上眼睛。

不知道這個紙箱之前有誰躺過？乾淨嗎？我睡得著嗎？

總之還是沉了。

不知道做了多少個夢，我只記得最後一個。穿著軍服的日本軍人持刀對著我追砍，我逃了半天背脊還是挨了一刀，血嘩啦啦地從創口洌了出來。

打了個冷顫，滿身大汗醒來。

看了看錶，我睡了兩個鐘頭。天黑了。

「喂，我醒了。」

我當然醒了，站在黑草男面前。

黑草男在煙霧中走向我剛睡過的紙箱，看了幾眼，拿起膠帶封了起來，然後算了三張百圓鈔票給我。

我沒問為什麼是三百塊，因為我從來不知道夢也有價錢。

不覺得被剝奪，卻也沒感覺賺到。

此後每次假日回彰化，我都會去賣兩、三個夢，換算成時薪還不壞。

賣夢雖然不能夠幫我減緩做惡夢的次數或提高睡眠品質，但把惡夢變現，讓我多多少少覺得受到道義上的補貼。

至於買夢，又是另一個故事了。

▲從小家裡就堆滿了紙箱，裡面裝了各式各樣的藥，還有從公賣局批來的酒。
現在則有一堆裝書的紙箱不定期寄給我，每次打開都很興奮看到新書、再版的書、再刷的書。
有些感動，不會因為你經歷了太多次而變得麻痹。
不過得承認的是，摸到生平第一本自己寫的實體書所發出的那一聲大叫，絕對還是最大聲的。

蜷縮靈感的紙箱

寫了差不多三十幾本書，常有人問：「靈感怎麼來？」

我提不起勁時就會引述李敖的話：「妓女不能等到性衝動才接客，作家當然不能等到靈感來了才寫作。」胡亂搪塞過去。

實際上，我的靈感來自於紙箱國。

在彰化某相鄰鐵路的天橋下，由城市的邊緣人集體用紙箱構築了城市邊陲的王國。那裡沒有人握有權柄，因為權柄在那裡毫無意義。

只有一個買夢賣夢的仲介人，老是抽菸發呆的黑草男。

由於惡夢成癖，大學時期我常去那裡揀選大小合適的紙箱，躺進去睡上兩、三個小時，將夢留在紙箱裡由黑草男牢牢封好，然後收取幾百塊當打工費。

跟捐精一樣，有人賣，就有人買。

起先我不懂為什麼有人要花錢買別人做過的夢，每次我看見上班族解開領帶，一身西裝躺在紙箱裡抱著陌生人的夢境取暖時，就覺得不可思議。

連阮囊羞澀的流浪漢也願意掏錢買夢。天倫之樂的夢，衣錦還鄉的夢，破鏡重圓的夢。中大樂透頭彩的夢不見得最貴，連我後來都買過兩次，因為供需法則決定了夢的價值……來賣夢的，留下了很多這樣金碧輝煌的美夢，可見這樣日有所思夜有所夢的慾望有多氾濫。

某天我撞見一個退休教師爬進我前幾天窩過的紙箱，我覺得很不舒服。

我的夢被別人重新夢了一次，有種隱私被侵犯了的感覺。尤其我記得在那個紙箱裡，我做了一個讓黑草男掏出一千元的、被屌面鬼狂追好幾條街的噩夢。

「喂！那是我的夢！」我真想跟他這麼咆哮。

他醒來後遠遠對著我竊笑，我怒火中燒，很想一拳貓下去。

這個城市，不，這個世界多的是偷窺狂。

有人還專程從台北到彰化買夢，他媽的饕客心態，我狼狽至極的噩夢不知道被多少人滾過。越想越不是滋味。

為了報復，我開始存錢買別人的夢。

少女跟銀背猩猩援交的噁爛春夢。

長年苦悶生殖器短小的青年每尿尿一次陰莖就會變大一公分的怪夢。

禿頭教務主任跟禿頭校長告白的斷背夢。

資優生放火燒掉教官汽車的爽夢。

小混混到少林寺被迫擔任十八銅人長達十八年的辛苦夢。

高中生臥底到吸血鬼幫派的倒楣夢。

佛洛伊德如果在世，應該常駐在紙箱國做田野研究。

花錢做別人的夢，意外治好了我淨做惡夢的精神病，即使在家裡睡覺也不常做惡夢了。附帶的好處是，我見識了好多別人天花亂墜的夢，潛意識也多采多姿起來，對這個世界的認識自有不同。

後來寫小說，買過的上百怪夢貢獻不小，直到現在還是常常去紙箱國買夢。

若沒稀奇的夢，我就在天橋下跟永遠閒閒沒事的各種人瞎混，對賭棋局。

「據說倪老以前也常來這裡買夢。」觀棋的流浪漢晃著快空了的酒瓶，打嗝。

「倪老愛買夢，但香港跟台灣畢竟隔了條水，還是古龍買的夢多。」退休的斷手上校打著赤膊，把砲飛到我的象上：「將軍抽車。」

「那時黑草男就已經在了麼？」我杵著下巴，挪動紅帥。

「我哪知道？我也是聽說的。」斷手上校手一抬，啪地吃了我的車。

倪老封筆了，據稱是額度用罄。或許是買夢的手氣不佳吧。
至於我還能買到多少奇形怪狀夢，我現在還不想知道。

▲從二水回彰化，在火車最後一節車廂朝後方飛逝的景色，按下快門。
我很喜歡這張照片，不知為什麼我有種被鼓舞的感覺。

集體視姦的行動藝術

上禮拜去六福村，看到巨大的籠子裡關了一隻白色的大老虎跟一隻黃色的大老虎，依照說明應該是一公一母。

我開了寫輪眼，知道白色大公虎非常想要，但是黃色那隻一直逃避不肯，然而嘴巴說不要身體卻很誠實，牠們倆侷促地互戲，看得圍觀的大家拿起相機猛拍，想拍到百獸之王交媾的珍貴畫面。

但關鍵時刻到了，白色的大公虎說什麼也翹不起來。

「靠，這麼多人看，我怎麼搞！」牠很氣。

是的，我現在多少可以理解牠的想法。

由於經常往返台北與彰化，我常常在火車上寫小說，即使在台北捷運裡擁擠的人潮裡也照寫不誤。長久下來，我開始出現幻覺，老覺得旁邊的人一直在偷窺我寫小說。

這一幻想，我反而越寫越快，偶爾停止敲擊鍵盤，我還會出現內疚的症狀——內疚著無法讓身旁的人看到最快的劇情進展。

隨時隨地都可以寫小說，竟變成了我自我炫耀的大絕招。

幾個月前，我到台南醫院體檢，不意發現火車站旁的地下道牆壁，有我每分每秒都在尋找的電源孔（NB隨時都得充電，才夠力寫小說）。我突發奇想，是不是自己也可以在眾算命攤與雜耍浪人間，擺一張桌子寫小說？

這不就是行動藝術的最佳表現嗎？

好大喜功的我，立刻跟出版社建議在誠品的公共空間裡擺桌寫小說，然後用投影機將創作的過程直接秀在布幕上，讓大家看看「寫作其實不那麼神祕」。

活動簡介發出去了，也得到誠品全力支持。我也如預期聽到周遭朋友、尤其是創作上的朋友，帶著詭異笑容的詢問：「九把刀，你是不是事先都想好要寫什麼了，才敢說要公開寫小說？」

什麼啊？怎麼可以用凡人的才能度量我呢？

而現在，我人在活動現場，公開創作已進行了三個小時，我也醜態畢露了。

早知道，背個故事大綱也不錯。

昨天一個作家朋友說，我這種公開寫作的舉動，跟當眾脫光衣服沒有兩樣，因為寫作是一種很私密的心靈活動。當時我聽了覺得這比喻太誇張，直到我今天拉肚子三次後，才發覺事態嚴重。

行動藝術表演真正開始後，我恍然大悟原來我自以為早就弄丟的羞恥心，又重新回到我的身上，而且激烈影響著我的寫作。我原本要選擇一個已經寫了一半的殺手故事，但由於帶錯外接投影機的轉接頭無法用自己的電腦寫作，只好借用編輯的筆記型電腦，另開了一個新檔挑戰只有初步構想的新故事，造成我寫作上空前的緊張。

我開始觀察自己會在大家的集中注視下，對故事的發展會有什麼急促思考下的突破點，但每當我從故事的結構中暫時跳脫去思考這場活動的意義時，我就會陷入莫名的自我恐慌——換言之，只有真正躲進故事的殼裡，才能保護我不受外界的影響。

可惜，那樣的時間只有一半不到。

但想想，小說創作的意義除了完竟內在的自我認同，還有訴諸集體共鳴的期望，網路小說的創作環境中，更有個「快速獲得回應」的特色，意味著某種互動的速食性，卻也幫助網路小說的作者藉由讀者的反應掌握作品裡最有效果的部分，與節奏。

而我現在身處的、一百多雙眼睛注視的當下，就是一個更有效率回應我創作的壓力鍋，只是我快炸掉了而已！！

在這麼一個備感壓力的環境下創作三個多小時，總共寫了三千四百字，好歹可以讓我說嘴個幾年。我剛剛停頓很久沒有敲下任何一句有意義的對白時，忍不住想，說不定我硬幹這個活動，就是想要擁有這個獨特的經驗而已。

或許我應該假裝超爽的，然後騙幾個作家朋友下次一起辦個集體公開寫作的活動，然後比賽誰的臉最紅。

小說創作不是什麼神祕的、特殊的、獨一無二的活動，但要在許多讀者面前公開自己是如何重組句子、檢視既存靈感的過程，還真是非常彆扭。

下次，我一定默背一萬個字，再辦一次活動雪恥！

▲感謝小黑提供的照片。
有小黑出現的場合，我自己帶相機變成一件很多餘的事，活動過後跑去他的相簿抓一抓就對了。
那天也很感謝小仙女借我很酷的、蘋果電腦專用的webcam。
我總覺得能幫助別人很棒，但總是有人樂意幫你，更幸福。

自剖夢境的暴露狂

許多人喜歡研究名人的部落格裡藏了些什麼，說穿了，就是希望從字眼裡的縫偷窺到名人的私生活。

套句小說《樓下的房客》裡的謬論：隱私不像鈔票，被偷一點就少一點。於是偷窺不是個恆等式，與其說合理化大家的慾望，不如說從頭到尾都是人性。

然而名人之所以是名人，差不多都有一些曝光慾，不讓別人知道他的生活起居或內心世界還會皮癢癢，有些還會刻意在部落格裡傾瀉「不為人知的一面」給窺眾，滿足自己的被偷窺慾。

別說名人不名人，這年頭，亟欲自我暴露的人還會少了？

有個叫饅頭的中輟生，顧名思義，他脖子上有顆蛋形平頭。饅頭兩眼黑白分明炯炯有神，配上鼻子跟嘴巴以後竟成了個蠢呆，算是十分罕見的不聰明的臉。

饅頭時常穿著以前「全盛上學時期」的泛黃制服或體育服，騎著要死不活的廢鐵機車在街上閒晃。口袋裡沒錢了，就會到天橋下的紙箱國，找黑草男賣夢。

有時，我們會一起坐在紙箱裡看過期漫畫，隨意聊聊人生。

「喂，你到底什麼時候要開始混幫派啊？」我翻著古惑仔漫畫，好心提醒：「好好的不去上學，總要加入個什麼會什麼幫的，增加人生歷練啊，不然跟你一樣歲數的老同學都當到了經理，你還混不到堂主怎麼去同學會遞名片？」

「靠，你還是不是人啊？」饅頭抬起頭，手裡還拿著《海賊王》：「什麼幫派什麼堂主？你應該鼓勵我回學校讀書的啊，那樣才是真正的好朋友。」

「屁啦，你會回去早回去了，鼓勵個蛋。」

「也是，學校那種地方不適合我。」

饅頭放下漫畫，好整以暇點了根菸，然後邊抽邊咳嗽。

靠，連菸也抽不好，的確不是混幫派的料。難道饅頭是百年一見的廢物？

「你夢過我的夢吧？」饅頭嗆得厲害，難過地說。

「一、兩次。」

「什麼內容？」他眼睛發光。

「有一個是對著開化寺門口的石獅子打手槍的夢，他媽的我不想回憶。」

「蛤！居然被你夢走！那是個抽象派的夢耶！」

饅頭滔滔不絕演講起那個夢背後的社會意涵，什麼對著石獅子打手槍是一種顛覆性的行動藝術，拼拼貼貼的全是從報紙裡看來的副刊名詞。

「另一個好像是一路狂跑，想要擺脫影子的怪夢。」我打斷。

那是個一直跑一直跑讓我累斃的怪夢。

夢的結尾我終於甩脫了影子，瞬間地心引力像斷掉一樣，我身體騰空，讓地球的離心力狠狠將我拋射到大氣層。

「很厲害吧！我竟然能做出那種夢！」

「……這個還可以啦。」我承認。

「那你有什麼看法？」饅頭興致勃勃地說：「要不要等一下我做個夢賣給黑草男，然後你立刻躺進去買？說不定我又會做出很厲害的夢！」

「這樣好怪。」

「哪裡怪！夢完了要給我意見啦！」

饅頭就是這樣，老是挨著別人討論他賣掉的夢，絲毫不以別人窺視他的潛意識為忤，若我指定要買饅頭賣掉的夢，饅頭會樂不可支。

有次斷手上校堅定拒絕談論饅頭的夢，饅頭便非常失望地趁斷手上校在紙箱裡做夢時，用力朝紙箱踹，踹，踹！

也許你會用學院派的觀點，認為饅頭現實裡的空虛不僅需要靠做夢來填補，還需要別人一起做夢來認同。但如果我做過那些奇怪的夢，偶爾也會想暴露一下吧？

▲跟該邊在澎湖海邊玩海參，感覺溼溼黏黏的很奇妙，有點色的感覺。
對了，該邊的屁股很結實，長期徵女友喔！
這是他的blog：http://www.wretch.cc/blog/fireseter

任性又韌性的小說家

小說家是相當任性又相當韌性的動物。

《獵命師傳奇》是我連載中的奇幻作品，故事的主場景在日本東京，可我從沒去過日本，只是依賴著想像力將故事放進東京這城市，然後攤開旅遊雜誌、網路上萬用的Google去對照我之於日本街道的描述。

就這樣寫了一年，出了六本獵命師。這是韌性。

出自我手，故事當然是超級棒啦，但我心裡越來越苦悶。原本是沒錢去日本，但後來賺了點錢，卻是沒時間去日本。

雖說想像力是小說家免費的任意門，而龐大的相關資料與媒體報導也足以支撐起許多國家——尤其是先進的日本的圖像，但，這樣孤注一擲把故事場景封印在我根本沒踏過的地方，這樣課以嗎！課以嗎！故事還有至少五十萬字的份量要寫，我真的課以任性地不去呼吸日本的空氣嗎！

我覺得自己很慘。

「拜託啦！考慮一下跟我去日本玩啦！」我跟會說一點日語的阿和哀求。

「小說家了不起啊！我還要跟公司排假咧！」上班族阿和哼哼。

於是就在哥哥結婚後的第七個小時，我就迫不及待搭機衝日本……不過由於阿和先前去過東京，所以我到底還是去不了我小說裡描寫的關東，只能將就阿和的意志去關西。同行的，還有好友該邊先生。

到了日本關西，第一個收穫就是迎頭痛擊。

我赫然發現京都跟東京從來都

是兩個地方！（嚇！我怎麼這麼沒有概念！）但我竟然在小說某章節裡把東京描述成「改了現代名」的京都！好恐怖的臭蟲！我真的哭八白癡！（從頭到尾只有一個讀者發現這個臭蟲，顯然大家都沒有常識，哎，杜部長！我們的教育又出了問題！）我的粗心大意害我勢必得校正已出版的小說。

類似的糗也發生在前幾天。

世足賽期間我在台北有場簽書會，為了要穿帥一點，我應景地跑去買了件綠色的球衣，想說支持一下號稱最強的巴西。

但到了簽書會當天，我才發現球衣上大剌剌的GMR三字，是「喀麥隆」的縮寫——而不是巴西！不是巴西！喀麥隆號稱非洲雄獅，但這屆世足賽連基本的三十二強都沒入圍！

平平是綠色！怎麼差這麼多！

「我竟然買了一件連參賽資格都沒有的國家球衣！」我虎目含淚。

回到東京，不，關西行。

旅程某夜我們在大阪問路，問到一個非常漂亮的腳底按摩小姐。那小姐很親切，為了幫助我們還陪走了十幾分鐘的路，並幫叫了計程車，那溫柔的模樣讓粗通日語的阿和非常著迷，終日念念不忘。

▶在大阪天空之城拍的。阿和是個美食主義的極端基本教義派，為了要吃一個他據稱非常好吃的東西，我們得看著地圖走上快一個小時的路到特定的店，餓到當然吃什麼都好吃。

到了旅行配額將罄，即將離開日本的那天，我們三人還有十幾個小時可以消磨。我一直想去漫畫城狂買模型，但阿和顯然另有打算。

「我決定了，我們搭地鐵去找那個按摩女孩！」阿和握拳。

「阿和！你神經病！」我跟該邊異口同聲。

阿和說得斬釘截鐵，於是我跟該邊只好義氣相陪。就這樣，我們費盡千辛萬苦到了當初問路的地點，找著了腳底按摩的店。

不幸那朝思暮想的女孩正好換班，在門口笑笑跟阿和揮手說再見後，阿和便歪著頭陣亡了。

後來幫阿和按摩的，是個男人。

回台灣後，阿和還手工製了一張卡片寄給她，大概是預約下一次的按摩時間吧。小田和正說：「愛情故事突然發生」，果然是日本老經驗。

消費悲傷

大愛劇場人生旅程第一部曲「緣」終於落幕，說的是人緣超好的大學生阿拓車禍昏迷，數百人擠在大林慈濟醫院排班探望，最後回天乏術，捐贈眼角膜遺愛人間的真實故事。

戲劇播放期間，我的留言板裡每天都有讀者詢問戲裡頭的作家九把刀是否為我本人飾演（哈哈並不是，演員比我帥多啦！），以及好奇阿拓與我真實的相處情況（我曾用阿拓當作小說《等一個人咖啡》的主角）；更多人則抱怨著這齣戲前半段感人肺腑，後半段卻被一堆慈濟醫院的置入性行銷弄得哭笑不得。

我覺得真是可惜。

每天都準時收看的我，同樣被「緣」後半段中不斷出現的「我一定要掛到院長的號」、「院長慢跑，向上天祈禱」、「副院長慈祥巡診」等硬塞進去的醫院宣傳戲弄得無法進入情緒，我都快起麻疹了。那些怪戲讓網路上原本盛開著感動，最後大家卻快醬爆。

大愛台拍攝的每齣戲都有非常好的立意，對社會的影響很好，但編劇想要教化人心的斧鑿之深，讓我覺得很畸形。

一篇好的寓言其實只需要把故事講好，所謂的寓意心神領會即可，而不是來個小故事大道理的講習，比如伊索講故事給國王聽，就只是講了個故事，而不是囉哩囉唆地解構故事背後的教育意義。

若不得已非得講習，點到為止最好，長篇大論則勞人心神，破壞正常的敘事結構。更壞的情況是，累贅的宣傳與教化會讓人生厭，出現不必要的反效果。我相信這絕非慈濟的本意。

又說到過溢的表現手法，其實當初劇組在開拍前曾找阿拓家人及我一起訪談，盡責了解

▲這是最後一次跟阿拓吃飯的合照。
我在追小內的時候常常跟阿拓講話，請他幫忙，後來追到就比較少聊了。
對不起啦！男生就是這樣，你了的吼！

阿拓的生平及處事態度，但有個地方讓我很不解。

當夜劇組反覆詢問拓爸拓媽是否受了慈濟義工或醫療團隊所影響，才會捐贈阿拓的眼角膜，拓媽率直回答沒想這麼多，只是覺得既然阿拓拔管後還可以捐眼角膜，那便捐吧，但劇組還是努力想問出如此單純善良的答案中、是否有讓慈濟醫院著力之處。

結果戲拍出來了，還真的出現大量慈濟團隊循循善誘阿拓家人捐贈器官的過程，甚至出現戲中拓媽在知道阿拓器官衰竭後，說出「對不起，我現在只能捐出眼角膜」如此讓人錯愕的「經典道歉」。

原本阿拓家人抱持平常心捐贈器官，其實是很真實的善良，戲裡弄得這麼顛顛簸簸，除了錯愕，我只有靠。

後來，我在書局裡翻了翻《人生旅程》電視小說，發覺裡面很多文字敘述極雷同阿拓姊姊在網路上發表的、對過世弟弟的思念與事件記錄。幾天後阿拓家人約我聚會吃飯，我在餐桌上好奇問了這件事，才知道拓姊在未經告知其著作被「大量直接引用」的情況下，在錄製大愛會客室時本著對慈濟的信任，簽下了製作單位遞上來的同意書（此時書籍已出版），後來回家翻了書才知道自己的網路文章被切成段、然後近原封不動搬上書紙，拓姊因此後悔哭了好幾天。

我聽了相當驚訝，也相當氣餒。這算什麼？

如果好好跟拓姊說明想要節錄她的創作，拓姊必然會欣然應允，一聲不吭地這樣乾坤大挪移拓姊對弟弟的思念，難道不是一種廉價的悲劇消費！

一齣眾所期待、立意良善的戲拍出來了，卻無法救贖亡者家屬。離開拓家後，我的呼吸竟越來越粗重。

無別宗教信仰，慈濟一向被認為是台灣「善的力量」最豐盛之處，然而慈濟組織越來越龐大的此刻，必然會因為系統的複雜（如委外製作戲劇）出現怪象與弊端。

在台灣，政客人人皆可喊打，罵起總統藍綠都有膽子，但面對善的總本山慈濟，批判的聲音好像就萎縮了，誰挑戰慈濟，誰就是大白目。我想社會必須保持不同的聲音不斷向其進金剛之言，督促更好，才能確保慈濟的大愛真正長存。

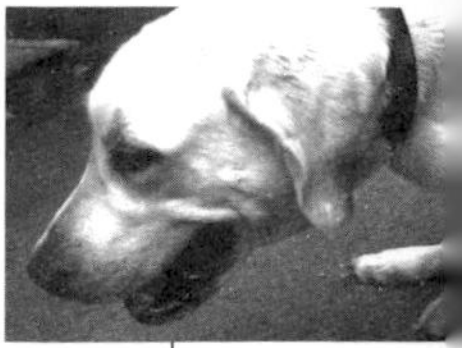

大便栽花花更香

一位實際上並不存在的作家阿茲克卡說道：「人生有各式各樣的困境，有大有小，就像路上的狗大便，你永遠也不會知道會踩到哪一條。」

前一陣子，我有個朋友就遇到重量級的狗大便，愁得他怎麼也笑不出來。

「怎麼了，怎麼最近老瞧你一直嘆氣？一直嘆氣會倒楣的。」

我坐在紙箱裡，回憶著剛剛買到的夢境。

「喂，你遇過最大的麻煩是什麼？」

阿正坐在旁邊的紙箱裡，困頓地抽著菸。

阿正是個熱衷重考跟打工的男孩，生平最大的興趣就是賺錢，不上課的時間就到處幫人補習當家教，就算是上課的時間也想盡辦法兼差。

自從他知道「夢」可以賣錢後，只要他有睏意，便會跑來紙箱國睡覺賣夢。

「省下這段，直接說你踩到什麼大便吧。」我嫌惡地吹走飄到鼻前的煙霧。

「缺課太多，期末考根本不可能過，我快要被二一了。」

「那又怎樣？我記得你的學校不是雙二一制度嗎？」

「媽的，我就是被雙二一了！」阿正瞪了我一眼。

「那也沒什麼，反正男人遲早要當兵，既然被二一了就順勢去當兵啊。」

「……我當過兵了。」

「啊？」

「上次也是被二一退學，這次是第二次了。混帳，我已經山窮水盡了。」

原來如此。

這條大便還真大。

「那也不怎麼樣，學歷不過就是一張紙，我寫小說，讀者也沒問過我學歷，出版社更不信這一套。」我試圖模仿星海羅盤葉教授，來場開解：「還有，嘉義民雄有個柳神算，別說他學歷白紙一張，他連眼睛都是瞎的，但他還不是靠算命摸出一條鈔票路？天無絕人之路，你一表人才，肯定能培養出足以安身立命的才能。」

「那是你們這些廢物的生存之道，不是我的。」阿正痛苦地說：「從小我就想成為大人物，所以才不想浪費時間跟一群廢物一起上課，想辦法提早賺錢才是正道。要是我被二一了，以後我怎麼辦？以後我想娶大企業老闆的女兒，未來的岳父問起我學歷怎麼辦！」

「原來你有志要成為大人物。」我肅然起敬。

果然是常常做夢賣夢的典範。

「而且，我怎麼跟家裡交代？我爸還以為我成績名列前茅，這下簍子捅大了，難道我還要把賺錢的時間拿去準備第三次重考嗎！」阿正的聲音在發抖。

我心生同情，畢竟我也不小心買過幾次阿正的夢，知道阿正的確是個無法跟庸才相處的人才，他肯花時間向我訴苦，已是極看得起我。

大概，他看出來我是廢物裡比較不廢物的廢物，我不禁深感驕傲。

「我覺得有幾條路你可以試試。」我嘗試想些點子。

「像你這種廢物，能夠有什麼好建議？」

「我在書裡看過，許多負債累累又前科累累又煩惱累累的人，都跑去搞新興宗教了，而且還大發利市！現在的人很講高倍數累積福報、快速成佛，憑你的聰明才智，肯定能想出掙得了錢的教規。」

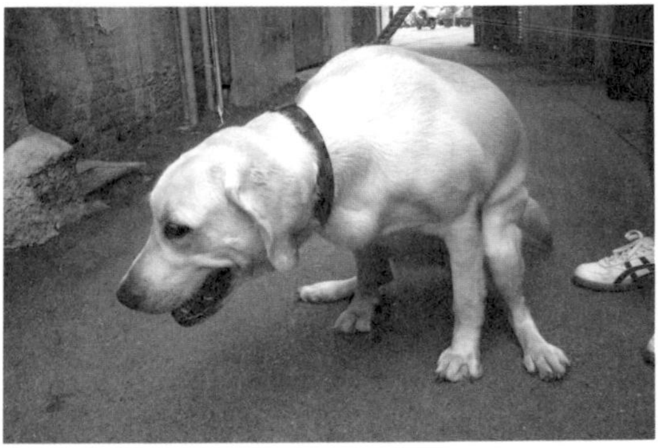

▲柯魯咪很美，白白的，雖然有點胖但還是狗界的美女，如果我是一隻公狗我一定會娶柯魯咪回家。
柯魯咪在大便的時候總是很害羞，一副「哎呦幹嘛一直盯著我看」的表情。
真不愧是羞答答的母狗。

「你把我當什麼了？我像是那種騙子嗎？我可是有理想的青年才俊！」

「……那麼，還有一條路很適合你，就是搞政治。」

「政治？那麼髒的東西我才不碰，我有潔癖！」

「就是有潔癖才好，趁你還是學生的時候大家更相信你有潔癖了，有潔癖的人說什麼都有道理，耍賴起來也是理直氣壯。你不妨去搞個絕食抗議，務必要單槍匹馬，免得鏡頭帶不到你，那就前功盡棄。」

「要抗議什麼？抗議退學條款不公？」

「那只會讓你出糗。要發光，首先要模糊焦點，找一個嚇死人的目標。」

「不懂。」

「二一退學真英雄，召見總統大丈夫。」

阿正愣了一下，立刻朝我吐了口口水。

「你把我當成什麼了！」他憤怒地踹破紙箱，走了。

我摸著熱熱的唾液，聳聳肩，心想阿正一定不會辜負他的使命。

果然。

沒幾天，阿正真的脫離了廢物成堆的紙箱國，跑到電視上去了。

鬼影幢幢的系館地下室

大學一年級我過得挺寂寞。

由於沒有機車代步，無法常跟同學一起衝車夜遊，交通大學位置偏僻，想去熱鬧的清大夜市還得健行半小時，正妹的世界與我越來越遠。

那時網路尚不發達，沒有虛擬世界可以窩藏，我只好以破舊的圖書館為家，隨意翻閱奇怪的人體知識（如：《中國歷代酷刑史》）、怪誕的眾家小說集、歷史政治祕辛等，我照單全收。久而久之，養成了我一下課就往圖書館鑽的習慣。

除此之外，我也猛借電影錄影帶看。

交大圖書館好比少林寺的藏經閣，超難看的垃圾影片充斥其中，寶貝卻也多的是，我杵著下巴鼻子幾乎貼著電視，在快轉爛片時隨意尋找稍微可看的橋段、在快轉好片小心翼翼避開讓人不耐的情節，都是我的樂趣。

我生平看到第一支完整的「A片」就是無意間借到的〈感官世界〉，導演是大島渚，大約平均三分鐘就可以看到一次性器官，可謂琳琅滿目。我在昏暗的地下室視聽中心震驚不已，後來還陸續借了三、四次複習。

後來寫小說的時候，那段時期龐雜的閱讀就成了一種內在的素養，快轉各種電影的控制經驗，也讓我在寫作時不斷思考自己正在寫的「字塊」，是不是捆綁著太多贅字、太多其實沒有人感興趣的東西，然後試著刪減回正道。

又說，交大的管理科學系系館位在竹湖旁邊，當其他系館越蓋越高的時候，管科系系館毅然決然往下發展，以每年幾公分的速度往下沉，沉沉沉沉……總有一天我回到交大演講，說不定只會在竹湖旁邊看到系館屋頂。

圖書館打烊後，我便轉戰系館熬夜看借出來的雜書，一個人獨享一間教室，很有知識份子捨我其誰的氣氛。由於我平常鮮少碰教科書，所以碰到考試前夕，一口氣念到天亮也不是稀奇的事。

當時系館的地下室很荒涼，是不斷下沉的系館裡最接近地獄的地方，即使把燈全部打開，氣氛還是很陰森，怕鬼的我絕對不靠近。直到後來貪玩的學長搬了張撞球桌到系館地下室，地下室才算有了點生氣。

有一次書念煩了，從沒打過撞球的我終於受不了誘惑，躡手躡腳走到地下室摸索幾桿。深夜無人，正合我意，我拿著球桿自顧研究著如何把球敲進洞裡，成了排遣熬夜念書寂寥的活動。

我怕鬼的壓力始終存在，也幻想著地下室裡有個老是面對牆壁、一言不發的白衣女鬼（沒辦法，這種模樣的女鬼恐怖得最經典）；矛盾的是，我又愛跟她說話……要知道，一人一鬼都悶不吭聲的話，氣氛只會更糟。

「如果我這一球不進洞，我就看見鬼。」我冒著冷汗，手中的桿子發抖。

瞄準，出桿。

如果真的進，我會鬆了一口氣，旋即提議：「如果下一球又進洞，妳今天就不可以騷擾我。」然後再度屏氣敲桿。

▶這裡是我的替代役宿舍，大概兩坪大，一張上下鋪床，一張桌子，桌燈我等一下才要去買。
雖然小了點，但自己一個人一間很自在，晚上寫小說不需要顧慮到燈光會刺瞎室友的眼睛。可以開冷氣，但為了保護地球我會省著點開的。

如果沒有進，我會全身緊繃，看著空空盪盪、怪漬斑駁的牆角再度提議：「等等！這一桿先欠著，如果我等一下還是進不了球，妳再出現不遲！」馬上集中精神再試一次。

若還是持續沒有進球、甚至是把球彈出桌子，我會把桿子丟到桌上拔腿就逃，口中狂吼南無阿彌陀佛救救我。童年的制約如此跟我繼續同在。

有一陣子我的敲桿越來越犀利，肯定是拜不想見鬼的壓力所賜。

更重要的是，不管是圖書館還是地下室，那些經驗也讓我習慣了獨處、愛上了獨處、有時候非得獨處不可。

在疏離感越來越巨大的現代社會，能夠享受獨處卻不感寂寞，是身為「一個人」最好的幸福吧。

非常愛唸經的租屋房東

第一次考研究所沒上，逼我大學硬念了第五年，一邊寫小說一邊準備重考。家教學生的家長幫我在他們家對面租了「一整棟樓」，方便我住，也方便家教的小孩隨時找得到我。

你也許會想，重考生怎麼那麼奢侈竟租了一整棟樓當臨時住所？哈，那裡透天三層樓，但是包水包電，月租竟然只要兩千元，便宜到讓人心慌，我當然一口答應。

然而便宜有便宜的理由，房東是個出家人，經常參加進香團雲遊四海，而我就負責幫她看顧空盪盪的房子，防止宵小侵入。

對兩個家教學生來說，住在對面的我更是請教功課的方便存在，常常拿著鑰匙自己進屋，在早上八點瘋狂敲打我房間的門大吼：「柯老師！上課！我們要上課！」我睡眼惺忪起床，跌跌撞撞地用免費的超時家教開始我的一天。

一個人住在這麼大的房子裡，感覺自己是個王。為了證明自己的的確確是個王，我常常一絲不掛在房子裡走動，迷上打拳擊的我偶爾還全身赤裸、戴著拳擊手套走到頂樓天台，晃動屁股用力毆打牆壁，非常陽光有朝氣。

不知怎地我也迷上了養魚，既然空間足夠，我便弄了一大缸魚跟烏龜擺在寫小說的桌旁，裡面有淡水鯊魚、長頸龜、食人魚等食量超大的殺手。家教學生最喜歡看我餵魚，如果他們乖乖在時限內寫完我出的考卷，就可以看我將幾十條在夜市常見的朱文錦，或是蟋蟀、小青蛙、麵包蟲丟進魚缸裡，然後瞬間被這些大魚吞進肚子裡的Discovery畫面。

家教學生的家長看我這麼愛餵魚，便將他們家抓到的大小蟑螂都裝在塑膠袋裡，至少也有三十來隻，交給我，說：「柯老師，你餵大魚吃小魚很恐怖耶，不如這些蟑螂你拿去，都吃光了沒關係。」

喔，是喔？有好長一陣子我的魚都在吃蟑螂，長頸龜還吃到差點得神經病。

可以想見重考的日子我過得很逍遙，除了偶爾翻翻社會學準備考試，就是嘗試寫小說。那年我寫了五部作品，共三十多萬字，從此無法自拔創作的樂趣。

但房東一回家，我就慘了。

房東表面上是個出家人，但在我的眼中，她的真正身分其實是個把頭剃光了的六十五歲歐巴桑。房東出家的原因不是看破俗事紅塵，而是年紀大了，子女個個在外打拼，百無聊賴，興起了想進西方極樂世界的堅定念頭，比起初一十五吃素，乾脆一點剃度出家顯然是比較保險的做法。

房東不識字，但一遍又一遍聽著錄音帶裡的佛經與咒語，竟也硬背下了好些，一有機會就想炫耀。只要房東回家，我就得陪著她坐在客廳裡「聽經」，畢竟我很可能是她唯一一位普渡的眾生。

「柯老師，你有沒有聽過金剛經？」房東興沖沖地說。

「沒耶。」我強顏歡笑。

那麼，我就得正襟危坐聽她唸十幾分鐘的金剛經。

「柯老師，那阿彌陀經有沒有聽過？」有時房東會一臉眾生遭劫的嚴肅。

「有喔，我以前帶佛學營的時候有聽過……」我最怕這種的，因為阿彌陀經落落長，長到我都快成佛了。但我沒有一次阻止得了。

我是個有禮貌的小孩，絕對不可能中途找藉口離開，或是低頭玩手指，而房東一唸經就從頭唸到尾，跟我四眼相瞪到結束，法喜充滿，我的內心卻暗暗叫苦。若加上房東努力為我解經的時間，我就真的瞬間成佛了。

「師父！我今天好想聽心經喔！」這句話，才是我唯一的解脫。

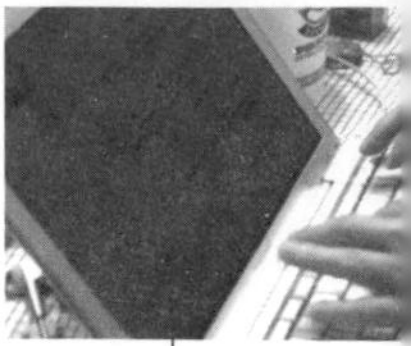

文學獎評審觀察

幾次受邀評審大學或高中的文學獎，都有不同的收穫，也從投稿作品的題材與風格裡，看出新世代文藝青年關注當代作家的趨勢。

有別於網路文學裡大量充斥的腦殘式校園愛情，「為賦新辭強說愁」是校園文學獎作品的最大特色，可能是年輕作者最擅長的展演。若非參與評審，我絕對想像不到現代青年的煩惱如此沉重。

回想起十年前自己還是高中時認識的那些文藝青年，他們的作文簿裡也是「感時花濺淚」的高感度憂鬱，想必這種歷久不衰的愁緒，是世世代代文藝青年傳承的火炬。

那麼，如何燃煮愁緒呢？

大家有志一同的，都以「成長」當作大宗題材，在筆調上，文學一哥駱以軍是競相模仿的對象，其次是朱少麟，偶爾出現幾篇用大陸腔調說話的文章（文藝青年們，我們這裡沒有人這樣說話！）。若在作品堆中看見模仿我的語言句型或出自我

◀靠，無線網路其實是外星人發明的，也是政府為了發展科技向外星人出賣選民的陰謀。知道這件事以後我超氣的。
為了防止火星人通過無線網路竊取我的故事靈感，寫小說時我會戴上特製的頭盔型毛帽保護我的腦袋。冬天時尤其好用。

小說台詞的變形，我就會犒賞自己一天的好心情。

此外，魔法師、騎士、半獸人、妖精、吸血鬼構築的奇幻世界是校園文學獎第二大宗。線上遊戲的「元素」取代了真正「奇幻的想像」，魔獸世界跟天堂兩款熱門遊戲都劇烈影響創作的樣貌。可以看得出大家對於設定職業與種族非常有興趣，也迫不及待在文章中穿插大量的註釋，告訴讀者某個發生在異世界裡的歷史事件是怎麼回事，讓角色唸出長達百字呢呢喃喃的咒語更是一種寫作時尚。

文學來自生活中的所見所為，每個世代都有不同的養分，六年級世代如我被大量漫畫與電影所飼養，七年級八年級的文學則多了線上遊戲餵食，採用線上遊戲的元素進行

寫作一點都不奇怪，但如果作品只是一味地複製遊戲裡的故事動線，即很難產生新意。

相形之下，武俠小說就相當罕見了。

魔法勝過內力，騎士帥過俠客，我多少感到黯然銷魂。偶爾驚鴻一瞥擁有武俠血統的比賽小說，我都會精神抖擻。

雙胞胎的題材也屢見不鮮，最常看見其中之一宰了另外一個取而代之、多年以後真相大白。或是雙胞胎從小失散，帶著各自的命運相逢，這命運通常是象徵光明與黑暗。

應該看得出來我在諷刺吧？最浮濫的作品要開創新意也最困難，所以未來還是想看見雙胞胎題材的大破大立。

妙的是，傳統名校的校園文學獎作品最是四平八穩，筆調細膩很有技巧，擅長提煉題材，但在創意的表現上，反而不如一般學校文學獎裡天馬行空的大膽。也就是說，前者好程度，後者卻更好看。

我猜，大概是彼此對評審的喜好押寶不一吧？

文學獎有時評審只我一人，那很好辦。若達三人以上時大家得親自到場討論並頒獎，慣例是所有評審所見略同，畢竟作品好就是好、糟就是糟，到場只是決定名次的差距。

但有一次，第三位評審給的分數幾乎與我跟另一位評審大相逕庭，他認為的好作品我幾乎都看到恍神，我忍不住問他標準在哪。

他認真說道：「我喜歡意義不明、容易看不懂的文章，因為比較有思考性。」

我大駭，又問：「那你最後有看懂嗎？」

他答：「並沒有。」

我只能在心中吶喊：「天啊！那就很可能是寫不好啊！」

我很喜歡當面告訴參賽者我的感想與建議，甚至把我劃滿紅線與標示好句子的稿件交給他們紀念。但也有驚嚇時刻。

某次評審中部某文學獎後，一位作品得到低分的作者立刻跑到我前面，咄咄逼人要我給個「她能滿意」的答案，我詳細舉列我的看法，但她隨即一一反駁，好像是我無法理解她的文章精髓，搞得我汗流浹背。

其實文學獎是互相比較進而產生分數高低的，最好的、又不傷人的回答似乎是：「分數會低不是妳寫得不好，而是別人寫得比妳好。」

我的乾屍室友

網路購物是個很奇妙的發明，什麼都可以在網路上買到。

為了偉大的創作，我常常得埋首研究稀奇古怪的題材，念研究所的那一陣子，我在寫一部黑色驚悚小說《樓下的房客》時，為了取材，意外迷上了在網路上看各式各樣的屍體。

看著看著，我很好奇線上購物有沒有人在賣屍體的，輸入關鍵字進去，結果跑出一百多筆各式各樣的屍體資料。

「不是吧，大家都這麼變態！」我咋舌不已，滑鼠飛點。

這些屍體的來源琳琅滿目，有的是殯儀館老闆不在夥計偷偷賣，有的是醫院院長不在護士偷偷賣，有的是警局局長不在警察偷偷賣，有的則是隔壁獨居老人不小心死掉鄰居偷偷賣，最恐怖的是爸媽不在兒子偷偷賣……賣爺爺。

名目一堆，依照屍體的保存完整性、年份、產地而有價格上的差異，如果有特殊功能的話還可以喊到天價。非常專業的市場。

我徹夜未眠研究，終於相中了一具來自日本的二手海地乾屍，又花了整整兩天與世界各地的買家展開競標，最後耗竭我所有的銀行存款，終於得手。

一個禮拜後，國際快遞送來了一個大木箱。

等我拔掉木箱上的釘子後我已滿身大汗，而房間裡充滿了奇特的、濃郁的、混濁的香味。

屍體是一個海地男人，模樣就跟網拍上寫的一樣：「三十歲，身高一百七十五公分，皮膚黝黑，生前體健如牛。原產地：海地。」脖子上還掛著一本中文說明書，由賣家、也就是上一個收藏者宮本喜四郎親自編撰。

讀著說明書上的屍體使用方法，我不禁嘴角上揚。沒錯，這就是我想要的五星級海地屍體。

中文說明書深入淺出，喚醒屍體的方式就跟驅動一台電腦差不多。

首先，我把屍體抬了出來放在椅子上，使勁幫他活動一下四肢，然後把一本小學生用的字典燒成灰和在水裡，倒在屍體嘴裡，仰起他僵硬的頸子讓灰水流進食道。

第二步，我將耳機塞在他的耳朵裡，連續播放二十四小時的中文歌。

最後我躺在沙發上苦思應該給他什麼名字，想著想著就睡著了。醒來後，我覺得給一具屍體太認真的名字很容易產生感情，長久下來一定很恐怖，於是我用力拍拍他的腦袋，大叫：「喂！醒醒！」

屍體reset，睜開眼睛。

一層灰色的膜輕輕覆在呆滯的眼睛上，眨也不眨，似乎對光沒有反應。

「……」

「你叫屍體，屍、體！」

「歐……」

「我，是主人。」我指著自己的鼻子：「主、人。」

「歐拉歐拉歐拉歐拉……」

那天晚上，我努力跟屍體溝通，讓他更了解我所使用的語言，但他生前大概是個笨蛋，要不就是腦子裡的蛆太多，就只是歐拉歐拉歐拉歐拉地亂叫。

我放棄對話，直接命令他做點簡單的家事。

據說明書上寫，屍體過去在宮本喜四郎家裡做慣了家務，更早之前屍體在海地，是幫忙巫師採收大麻的農夫。

勤勞是無話可說，又不必餵食、大小便全免，更不用帶去

公園遛，如果想打賞他，只要餵他吃幾隻蟑螂就行了。
養他比養小孩、養狗還實在，台灣有一百萬個家長都會同意這點。
但不知怎麼搞的，事情沒我想像中順利。
屍體非常笨拙，我使喚了半天他也不懂怎麼煮菜，叫他去樓下倒個垃圾，他也傻傻地站在垃圾桶旁邊發呆，讓我極為扼腕。半天過去了，屍體只會幫我抓蟑螂，然後一把塞進自己的嘴裡，嚷著：「歐拉歐拉歐拉歐拉……」
這樣怎麼叫我向朋友炫耀呢？
只是幹掉蟑螂的話我買你做啥？殺蟲劑六十塊就好大一罐！
我累癱在沙發上，頭又痛了起來。
退貨？
我心裡有底，這次消基會可不會挺我。

▶穿上燙線的替代役制服，老讓我誤以為自己是個警察。
常常我會莫名其妙從鄉公所走到警察局泡茶、在路邊攔下紅燈右轉的機車騎士開罰單、在便利商店門口的巡邏單上簽名。有時還會打開停在路邊的警車一屁股坐進去、邊擦汗邊抱怨今天值勤好累。
我想我大概是太有正義感了。

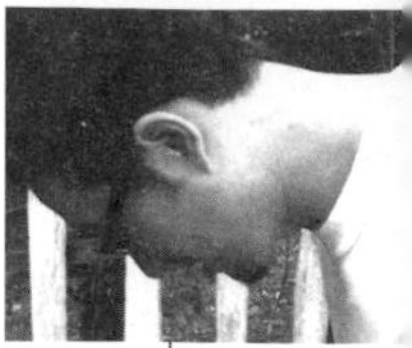

九死一生蛤蠣樹

由於我發誓不再唬爛造口業，前幾天趕小說進度時坐在電腦前發呆，什麼東西也寫不出來，一晃兩小時，正當我困頓著若不胡說八道該靠什麼維生時，眼淚忍不住爆漿出來。

正在拖地的乾屍室友見狀，慢吞吞拿起拖把幫我擦乾眼淚，雖然髒是髒了點，不過我的確感覺到友情的溫暖，哭得更厲害了。

女友終於看不下去，提議開車出去散散心。

「去哪？」

「近一點的地方好了。」

把乾屍室友留在家裡看門，我打開車上的GPS導航，挑了離彰化頗近的埔里集集，油門隨便踩一踩就到了樟木環抱的綠色隧道。

怎麼玩？我在路邊小店買了本《死觀光客導覽》快速研究，裡面有幾個景點光是名字就非常吸引人。

「先去哪？這個九死一生坡好像非常恐怖！」我的手指停在導覽裡一個骷髏臉上，女友害怕地縮在我身後。

此時小店老闆冷笑了：「要去九死一生坡，恐怕還得湊足十個人你才有生還機會。按照機率，你們有兩個人，少說也得要二十個人同行。」

「真有那麼恐怖？」我躍躍欲試。

「想要吃到蚵蠣，九死一生算得了什麼！」老闆用力拍桌。

「有道理！」我猛點頭，完全不知道他在說什麼。

此時正好一台遊覽車緊急煞車，二十幾個歐巴桑一下車就衝到毫不起眼的路邊土地公廟狂拜，原來是什麼都拜怎麼拜都不奇怪的台客進香團。

我見機不可失，立刻過去與歐巴桑磋商，邀請她們一起去挑戰九死一生坡。

「那邊有廟嗎？」歐巴桑意興闌珊。

「有的，那邊有在拜Google大神。」我豎起大拇指。

「這個有聽過喔！」歐巴桑們的眼睛同時發亮。

於是我們尋著《死觀光客導覽》裡的指示，驅車來到赫赫有名的九死一生坡——但其實也沒什麼了不起，不過就是很陡的懸崖，下面有一條小河。

九死一生坡上有間冷清的雜貨店，店裡只有一個穿著制服的國中生掌櫃。

「不好意思，我看這個坡也沒什麼，為何叫九死一生呢？」我疑惑。

「因為要下去的方法，就是躲在汽油桶裡滾下去。」國中生指著坡上大大小小的汽油桶，補充：「穩死的一個一萬塊，堅固的一個五百。」

「為什麼穩死的反而要一萬？」

「因為死人用不到錢，不如都給我買線上遊戲點數。」

有道理，於是我掏出一千塊，買了兩個堅固的汽油桶跟女友躲在裡頭。

至於有錢的歐巴桑一聽到穩死的一個一萬，爭先恐後把皮包打開。

國中生收足款項，便一桶一腳把我們踢下懸崖。

「Google大神！Google大神！」歐巴桑們興奮地大叫：「嘔嘔嘔……」

窩在汽油桶裡不斷翻滾而下，有速度又有離心力，非常驚險刺激，搞得我頭昏眼花直接吐在桶子裡。好不容易桶子摔進小河時才被浮力托住，緩衝停下。

頭有點暈，我搖晃爬出，只見女友正坐在旁邊，專注地玩著手機裡的網球遊戲；而那些歐巴桑則一個個縮在粉碎的汽油桶裡，一動也不動。

好猛！不愧是九死一生！

女友拍拍我的背催吐，我吐完一抬頭，便看見一棵長滿蛤蠣的大樹隨風搖曳，數百成千長在樹枝上的蛤蠣發出喀喀喀喀的殼響聲。

◀我的頭有練過，是一顆好頭。

YES！我們誤打誤撞，竟遇著了蛤蠣樹成熟的時節。

「好美喔！看起來好好吃喔……」女友很感動。

「能吃蛤蠣，就不忙說話！」

我趕緊仰起脖子，像等待哺育的小鳥般打開嘴巴，迎接從蛤蠣殼縫中流出的金黃汁液，每一滴都好香醇甜美。

暖暖的黃昏下，蛤蠣樹突然盛開。無數蛤蠣殼啵啵啵啵同時咧嘴而笑，撐起裡頭肥碩的蛤肉，閃閃發亮的色澤好誘人。

自然的新鮮鹹味如雨灑下，連女友都不顧形象淋了滿嘴。最後成熟的蛤蠣肉一一迸彈而落，不多久，我跟女友的嘴巴都盛滿了油滑鹹甜的蛤蠣肉。

下次去埔里，我一定還要冒九死一生的險吃蛤蠣！

一面牆的網路小說

不管做什麼事，長得帥都比較方便，寫小說也一樣。

說到網路小說，的確存在著「既然可以在線上看免費的，為什麼還要掏錢去買實體書」的迷思，這個問題可以類比到音樂可以於線上下載MP3，為什麼學生明明窮得要死、卻還要把買線上遊戲點數卡的錢拿去敗正版CD？

答案很可能是出自一種偶像認同。

既然消費者擺明了非法下載音樂，唱片公司便毫不廢話，苦心砸錢營造偶像的形象，花在歌曲製作上的實際費用跟花在廣告行銷的鉅額費用超級不成比例，於是拿出「請支持某某某，衝上排行榜冠軍」這樣的標語，便成了歌手與歌迷互動的一種消費習慣，強調偶像為了發片很辛苦、越來越多也越來越密集的精選集，卻越來越少讓人耳目一新的精緻作品，常常可以在某甲的專輯裡聽到某乙創作的變形與仿效。

久而久之，唱片業有種轉型為替偶像尋找「合理曝光機會」的舞台，賣唱片只是輔助，不斷用其偶像形象尋求代言才是主要的鈔票來源。這可以說是消費者非法下載的自結惡果，卻也可以解讀為唱片業者自窮於商業機制的現實。

於是當我聽到蘇打綠、張懸等地下樂團表演者的專輯時，那種敲擊靈魂的感動才又重新滲透。

回到出版世界，若出版社能找到帥哥作家便是福氣，帥哥美女作家可以拍些藝術照作成明信片夾在書裡，或乾脆印照片海報送給讀者刺激銷售（吼！為什麼我是走怪人路線！），帥到超凡入聖、美到含笑半步顛的作家，還可以把自己印在書封上耶（一邊吃著酸葡萄）！

不過說實話也不能怪作家長得帥，畢竟那是人家的福氣，反過來說，難道醜八怪才會寫文章？醜人才是唱將？難道趙傳就一定唱得贏5566……（咳嗽）。

過去最暢銷的商周出版社與紅色出版社的網路小說書系，長久經營下封面、排版生產線幾乎一致化，藍的書背一面牆，黃的書背一面牆，只要看封面就知道是哪家出的。而這些小說在故事題材上所見略同，大抵有種把過去言情小說的場景乾坤大挪移到校園取景的味道。

網路小說作者在這樣的運作完整、平起平坐的一面牆商業邏輯下，要在市場上與讀者產生別於身處「類別限制」的閱讀互動，除了靠強打個別的偶像能量外，故事的題材或風格能真正出走嗎？

寫作到底還是個人的事，不在商業結構。

但不寄於結構又盡情享受創作的人，少也。

一直有個有趣的發現。以往網路小說銷售長紅，學生之間人手一本，然而網路上的文學論壇常見這樣的問題：「請問你最喜歡的三本書是哪三本？」或「影響你最深的三本著作？」

網友們的答案幾乎都是《百年孤寂》、《老人與海》、《戰爭與和平》、《三國演義》等歷史名著，絲毫不見任何一本網路小說，大概是網友們深怕答案裡隱藏的品

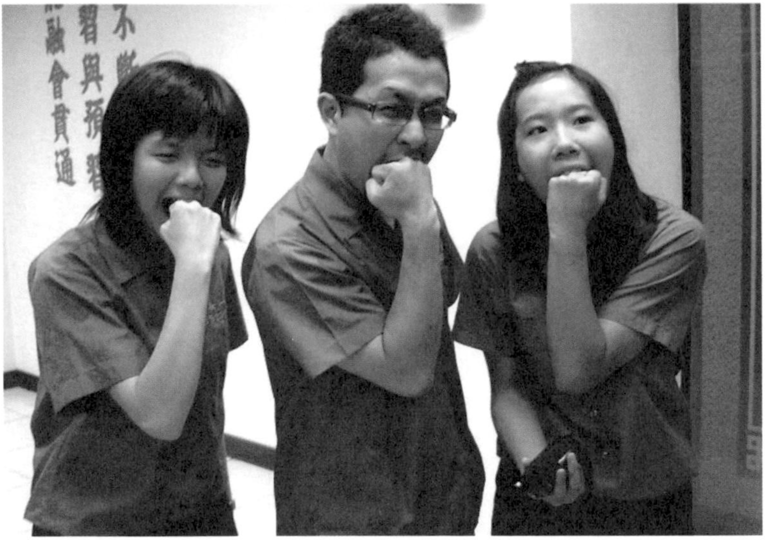

▲去北一女評文學獎時，穿上小綠制服拍的。後來乾脆穿去簽書會。
我有收集女生制服的高尚癖好，但可不是很闊地用錢狂買，而是希望每間學校在進行校刊訪問、文學獎評審、校園演講的合作後可以送我一件制服收藏，所以每件制服都有一段小回憶。
你問我為什麼不收集男生制服？
……我神經病啊！

味不高尚，所以硬是作答通識課上巧合讀到的名作吧。

又或者，消遣永遠只是捧在手上的重量，而非靈魂裡的質量？

觀察這幾年書市整體銷售的趨勢，比起往年的盛況，現在網路小說的銷售大不如前，反而這半年來《達文西密碼》、《佐賀的超級阿嬤》、《風之影》、《在天堂遇到的五個人》等所謂翻譯大書長踞銷售排行榜不下。

風向不同了嗎？

大家開始對網路小說意興闌珊了嗎？

有點腦子的作者多不願意繼續把網路小說家的帽子放在頭上，大家都卯起來轉型或發明新帽子，畢竟舊帽子有點廉價就算了，竟還開始代表不暢銷？！

像我這麼腦殘的何苦來哉！

偷渡進監獄的夢

上禮拜去台北某文學營演講，課後一個文學前輩捲了份報紙到教室找我。

我們坐在教室後的石階上，前輩跟所有的前輩一樣，點了根菸當故事的起頭。前輩主動提起我在三少四壯專欄裡寫的「紙箱國」系列報導，他說，三十幾年前就有紙箱國的存在，但地點不在彰化某天橋下，而是在台北某河口堤岸旁，現已改建為河濱公園。

「那時黑草男就在了嗎？」

「管事的也是叫黑草男，不過肯定不是現在彰化的那個。」

當時的紙箱國，是個非常祕密的、不成組織的組織。

知道的人很少，不管是買夢的還是賣夢的，跟現在比起來都少得可憐。

故事的起頭很遠。有個自美學成歸國的哲學系留學生，因為所學不被當局接受，找不到工作，只好窩居在紙箱裡胡亂寫稿，睏了就倒頭大睡，然後把夢賣給初代黑草男（就這麼勉強稱呼他吧）換幾口飯吃。

留學生的夢多采多姿，跟前去賣夢的其他人大不相同，他的夢境在當時白色恐怖的政治氣氛中尤為自由前衛，慢慢在小眾間造成一股流行。

許多人都因為夢了他的夢，上了癮，導致那位留學生的夢供不應求。

「當時，我也迷上了他的夢，徹夜排隊也想夢他一場。」前輩微笑。

那些買夢的人漸漸思想有了不同，不僅開始質疑政府，有些行動派甚至辦了雜誌抨擊當局。就在黨外運動剛開始興盛的時候，警備總部就開始打壓、開始抓人，那位什麼事也沒做的留學生，竟因黨外雜誌文章不斷引述他的思想、他夢境裡自由國度的形貌，被警備總部列為最危險的思想犯，不經審判就將他關進牢裡。

倒楣的留學生給刑求了兩年，終於捱不住，胡亂認了叛亂罪，於是政府大大方方賜了他個無期徒刑。

「這位先知還真倒楣。」

「……我們所有人都很難過，他啟發了我們，卻因此下獄。」

我們齊聚紙箱國開會決定，如果此人有朝一日重見天日，我們一定奉他為領袖，因為他早就是了。在那之前，我們必須盡可能幫助他度過獄中的苦悶人生，以免他懷憂喪志，意志上先一步墮落，那麼腦袋裡的思想也就會裹足不前了。

囚禁政治犯的監獄管送物品最嚴格，但我們只是不斷郵寄空紙箱給獄中的先知，紙箱裡擺了幾個大橘子當作掩飾，獄方不疑有他，只是檢查了橘子就整箱交給先知。

「箱子裡裝的其實是夢吧？」

「正是夢。」

我們為了保持先知的思想能力，每個人都大量閱讀從國外偷渡進來的思想禁書，西方自由民主制度、政治學經典、社會學典範、國際新聞，然後輪流躺在紙箱裡儲存夢境，藉由夢境將最新的資訊傳遞給先知。

一年又一年，十年，又十年。

「先知不愧是先知，每次他將我們的夢做了一遍後，就會躺在紙箱裡將他最新的思考填進紙箱，賄賂獄方將看起來無害的空紙箱寄還給我們。」

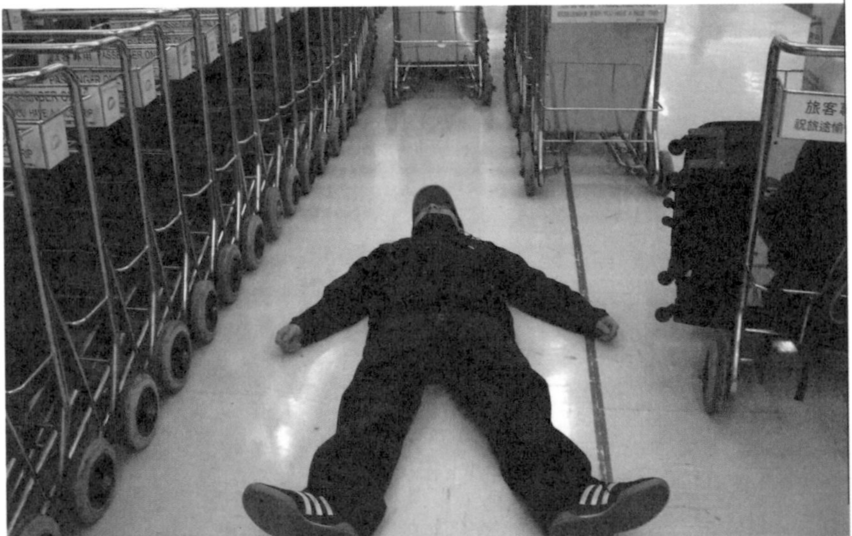

前輩悠然神往：「於是我們也能夠在鐵絲網外，持續接受先知的啟迪，也讓更多的後進小輩成為黨外運動的中堅。」

藉由夢，監獄不再是囚禁思想的牢籠。

後來總統病逝，先知經由特赦被釋放，我們大受振奮，黨外運動如火如荼展開。政府漸漸畏懼我們的力量，不得不給予妥協，釋放權力。

但也因為人多口雜，思想上也不再一致，派系分明，內鬥不斷。

幾年後，我們終於取得了政權。

有人狂喜當了總統，有人想要罷免總統，有人忙著貪污收賄，有人揮霍特權。

——我們唯一共同的信仰，就只剩下先知了。

「但，先知卻不再做夢了。」

前輩感嘆，我追問為什麼先知不再做夢，前輩卻只是看著菸屁股上的餘焰。

「那，這個先知現在還在嗎？」

「還在，老態龍鍾，我們苦苦哀求他再做夢激勵我們，他卻只是發呆。」前輩的眼神迷離，說：「他不停地重複，他最美好的夢，已經在監獄裡做完了。」

菸到了盡頭，夢呢？

▶旅行時我很喜歡躺在地上拍照，因為躺在地上拍照是一種高尚的行為，比起用嘴砲愛台灣，在地球上躺來躺去更是一種偉大的愛。
我有個朋友叫李昆霖，他很愛用裸奔愛台灣，我覺得他有神經病。

絕頂好吃的仙草餃子

彰化有三寶：肉圓、正妹、仙草餃。

賣肉圓最出名的店有兩間，兩間競爭激烈只隔五公尺，從我家藥局門口走到任何一間只要十五秒，所以我是被肉圓養大的。

正妹我一直想要，但始終沒我的份。

至於仙草餃，在彰化可是大排長龍的超級小吃，在地人幾乎沒有沒吃過的。

仙草餃沒有店面，是一間流動攤販，每天下午老闆都計畫從縣政府推到文化中心、然後進市區賣一圈，不過這個計畫從來沒有成功過，因為每次攤子還沒從縣政府推出去，就會被排隊排到文化中心的狂暴民眾給吃完，直接收攤收工。

仙草餃子攤是三代經營，但最珍貴的一點在於，這三代餃子師父強調的不是祖傳的醬料與一成不變的古老製程，每一代都會各盡巧思進行改良，所以仙草餃子只是一個概括的總稱。內餡的選擇、餃子皮的擀法，都有細微差異。

我是一個很沒耐性的人，但高中時我為了搏取正在追求的女孩歡心，我轉性跑去排隊買了一次，結果我沒有追到那位女孩，因為我忍不住吃了手中的兩碗。後來我又跑去買了三次，三次都送不到女孩的手中，因為抵擋不住仙草餃子在舌尖爆炸的鮮甜滋味，我都發狂先嗑了。

說這麼多，仙草餃子是用什麼做的呢？

最近吃過的一次內餡，是用大蒜爆香過的蛤蠣肉，再配上用米酒加醬油熬煮三個小時的豬小腿肉，加上高麗菜末混在一起，最後大火爆炒製成的。再上一次吃到的內餡，是由剁碎的青椒快炒米血糕，再淋上番茄醬做成的。

餃子皮也很有學問，老闆將傳統麵粉浸泡在薏仁湯裡，三蒸三曬瞎弄出來，如果不小心泡得太爛或曬得太乾，老闆就會去菜市場買潤餅的皮濫竽充數，顧客即使知道也拿他沒皮條，畢竟你可以選擇不買。

仙草餃子從裡到外都是創意跟苦功，什麼都有，就是沒有仙草。

我很納悶，有一次終於問了老闆。

「老闆，為什麼沒有仙草？」

「我叫王建國，但我可從來沒有建過國，怎樣，你咬我啊？」

我嚇了一跳，但想想也有道理。

而且仙草餃子一個五塊，料好實在，就算沒有用仙草當餡也沒什麼了不起。

吃超好吃的仙草餃子，當然要配老闆順便亂送的苦瓜冰汁才對味。

苦瓜冰汁也有學問，老闆將苦瓜打成汁，然後加上好幾顆生雞蛋增加營養，如果當季蔬菜的價格不是很貴，老闆也會將幾把青菜丟進苦瓜冰汁裡當bonus。

實話說那股怪味非常腥，非常噁，我光是用聞的就嚇得腿軟，但由於苦瓜冰汁是完全免費的，只要你買仙草餃子就送你一杯，所以深具菜市場性格的大家都卯起來硬喝。我捏著鼻子喝了幾次、也吐了幾次後，竟出奇地迷戀那股怪味，就跟所有貪小便宜的人一樣。

常常擺在老闆腳邊的一大桶苦瓜冰汁，一下子就跟著仙草餃子賣完了，據說有些想要治小孩挑食毛病的父母，將苦瓜冰汁買回去強灌小孩後，小孩就從此不再挑食。

但問題是，苦瓜冰汁其實一點都不冰，溫溫的，有時候還有點燙。

「白冰冰摸起來難道就很冰嗎？胡瓜難道是個瓜嗎？我告訴你，這個人生不是你簡單的頭腦可以想像的。」老闆嚴肅地說：「有時候，你一定要接受不想接受的事，何況只是一杯不冰的苦瓜冰汁。喏，總共三十五塊。」

好一個強悍的彰化人，我也是。

▲後來大砲發射的時候，我的耳朵整整聾了兩個禮拜。

108好漢之正義社

林百里受訪時說過：「學校最怕兩種校友，一種是成績名列前茅的，一種是整天蹺課搞活動的。為什麼？第一種人會回校當主任、當校長，第二種人則會回學校演講。」

由於我的人生目標是不停的戰鬥，所以常去各大專院校演講，但直到回母校精誠中學那天早上，我才有機會站在朝會等級的司令台上胡說八道，講龜派氣功、講灌籃高手、講讀書才是最熱血的追女孩王道。

說出來誰也不相信，十年前我就打算用這種方式回到從前的記憶之地。

在司令台上演講、握起拳頭是很熱血，但我很清楚，底下這些眼神茫然的學弟妹們，才是真正活在青春裡的現在進行式。

有這麼一瞬間，一個在講台下猛打呵欠的男同學，讓我彷彿看見以前的自己。

「這個滿口胡說八道的人是誰啊？」他心裡大概這麼想著。

不，是一定這麼想著。

演講完，校長跟以前的班導帶我去逛學校，介紹十年來的改變。

精誠是私立學校，學費自然不同凡響，但過去沒一間教室有冷氣，我們都很幹，老在班會提案狂嗆學校，向校方討冷氣裝。但嗆了六年，六年來都以裝了個屁收場。

而現在，每一間教室都裝了冷氣（也許台灣的經濟沒有新聞裡那麼糟糕嘛），連烏龜都可以養死的怡心池也不見了，取而代之的是一大棟行政大樓，高得我的脖子都快舉斷了——原來，我們靠夭了六年都裝不到的冷氣，最後變成了這棟中央空調的怪物啊！

「現在精誠，有五十幾個社團喔！」校長介紹。

「五十幾個！」我嚇了一跳。

以前「學測」還是叫「聯考」的時代，精誠的校內社團很少。維持交通安全的輔導社、吹國歌的樂隊、弄校刊的精青社、吃飯時間放音樂的廣播社，差不多就是這樣了。重點是沒一個我想參加。

但為了滿足甄試大學所需要的社團經驗，我在高一時便想亂創個「正義社」，我的職位當然是社長，而創社宗旨自是創造無限多個虛擬幹部職位，讓有志一同參加甄試的大家加入，人人申請函上有光彩。

我發入社申請表格給各個班級，逐一宣導後三天，我就招募到一百零八個準社員，變成精誠中學有史以來人數最多的「社團」。從此以後我多了一個外號叫「社長」，大家喊得不亦樂乎。

「社長！什麼時候要創正義社啊！我甄試全靠你了耶！」

「快了快了。」我總是這麼說，心裡也覺得的確是快了快了。

我厚顏無恥向生活輔導主任遞了兩次正義社的創社企劃，主任都面有難色，問我為什麼要搞正義社。

「正義不好嗎？」我不解。

「正義沒有不好，但專門辦個正義社……也太籠統了吧？」

「那創社目的就說是，在校園裡鋤強扶弱好了。」

「柯景騰，你不要藉著社團搞幫派喔！」

講不聽，那就算了，幾天後我換個委婉的方式再來。

「佛學社？」主任歪著頭，拿著厚厚的連署名單跟企劃：「怎麼申請創社的名單，跟上次正義社的那麼像？」

喂，是根本沒變吧！

「我有什麼辦法，大家都一心向佛啊！你看，我們暑假有很多人去了佛學夏令營，每個都超會唸經。」我拿出大家穿著黑色海青的照片。

「……那個，同學，唸經在家裡學佛就好了啦！」主任揉著冒汗的太陽穴。

殊不知，多年以後有個叫許純美的怪咖一心想在電視上邪猴。

我想，現在的精誠中學，肯定還是沒有一個叫正義社的社團吧？學校裡，一定依舊上演著死大人與臭小鬼對抗的老把戲。

你設限，我犯規。

你處罰，我照舊。

然後過了許多年，我們重新走進學校。

那些與我們狠狠對抗的大人們頭髮白了，皺紋深了，拿著粉筆凝視著黑板前一道又一道的青春。不由自主將一種依戀放進好幾本小說裡，成了許多角色共同就讀的學校，將自己的回憶重新盛開一次。《哈棒傳奇》、《月老》、《那些年，我們一起追的女孩》……

對了，精誠中學，五十歲生日快樂！

▶精誠中學是一間對荷爾蒙很好的學校，男女同班，制服漂亮，老師比學生還認真。每年我都會回去演講，強調自己是學長。
精誠也是我的小說使用最多場景的學校：《恐懼炸彈》、《月老》、《哈棒傳奇》、《媽，親一下》、《那些年，我們一起追的女孩》……
雖然人活著就是要勇往直前，但偶爾回頭看，還是很美好。

大佛走出去！

一個報社記者訪問我的時候，說了一句：「寫作到了最後，終究不免踏入政治。」

她顯然是有感而發。我的確一不留神就在上個月，擔任了彰化縣某縣議員的八奇軍師，為該議員發想地方建設的企劃案。

交在我肩膀上的第一個任務就很艱鉅，是「將彰化的觀光事業行銷到全台灣，甚至全世界去」，而且得拐到選票，最好還要有點油水可撈，所以企劃案若能大興土木是再好不過。

我想了想，最快的方法莫過於亂蓋摩天大樓，每一層少兩根柱子就可以多兩根柱子的油水，蓋一百層就有兩百根柱子的油水。不過誰都知道上海正在建造比台北101更高的大樓，幾年後世界最高的建築物就得換手，這種看誰蓋得比天高的虛名競賽，彰化萬萬無力負擔。

所幸彰化還有一個大家都差不多去過了的八卦山。

高中時我常在八卦山下的文化中心念書，累了就從旁邊的小徑慢慢拾階上山，二十分鐘內就可以走到大佛腳下，對於八卦山的精神指標大佛，我是懷有一份獨特情感的。有時候看見電視上的颱風或地震新聞，各地均傳出嚴重災情，但彰化市往往得天獨厚沒有大礙，我總會想，這一定是大佛高高在山上庇佑的關係。

從大佛出發準沒錯，於是，我寫了一份關於改造大佛機關的企劃案。簡單說，我想在大佛盤坐的膝蓋裡，裝置由日本鋼彈公司最新研發出的高傳度巨型機械油壓Z型輪軸，再將大佛的兩隻腳做特殊強化，重新灌漿跟填入鋼筋，讓大佛的下盤可以承受至少一千噸的重量。要做什麼呢？

想想看，如果過年時彰化鄉民齊聚八卦山上讀秒的時候，五、四、三、二、一……大佛突然在燦爛煙火下微笑，慢慢從蓮座站了起來，上萬個鄉民將會受到多麼巨大的驚嚇，然後瞬間轉為狂喜，感動到爭先恐後下山告知親友。

這些狂喜，全部都是選票。

該議員對這份企劃案大為激賞，猛抓著我的肩膀大叫：「九把刀，你實在是天才！天才！你不來搞政治，實在太可惜啦！告訴我，這個工程大概可以撈多少！」

「還好啦，那個巨型機械輪軸一對報價八十億日幣，我們直接以軍用品限制出口的理由算成八十億台幣，然後在肯定拖延的工程中追加一倍預算，油水一定瘋狂多。」我按著計算機。

為了油水與選票，該議員立刻成立八卦山「大佛站起來」活動委員會，強調雖然這個企劃會耗罄好幾年的縣政預算，不過事成之後一定會有數以千萬計的國內外遊客搭機來彰化，為了一睹大佛站起來的可怕神蹟亂花錢。

屆時由於要接應大量的遊客，彰化還得建一個油水超多的國際機場，新旅館如雨後春筍，道路全數翻修的傳統油水更是避無可避。

所有鄉民雨露均霑，大家都歡喜。

「九把刀，光是大佛站起來還不夠，你還得想一個超越藍綠的大企劃！」該議員哈哈大笑，似乎已看見慈悲的大佛站起來了，說：「畢竟我要在連任的時候，繼續為彰化做點事嘛！」

我想了想，立刻有了答案。

「不如這樣吧，下一個企劃案就是……讓大佛走出彰化！」

「走出彰化？」

沒錯，把這麼強的大佛留在彰化實在太可惜了。

應該讓祂不只可以站起來，還得可以沿八卦山脈走到其他縣市，進行各式各樣的宣傳推廣，例如農產品、肉圓、正妹、仙草餃、碗粿、礦溪文學等等，象徵彰化已經不是以前的彰化，而是活力十足的新彰化。

「這種工程……應該超級複雜吧！」議員歪著頭，神色激動。

「放心，日本的鐵金剛公司已經研發出最新的building-walking技術，工程複雜到幾乎不可能成功。」我嚼著口香糖，將計算機遞給議員。

一串計算機根本裝不下的零。

「太棒啦！我這就去爭取預算！」議員握拳大叫：「大佛！走出去！彰化！走出去！」

政治真的是，非常幽默啊。

▶八卦山的大佛真的很酷，從小我就拜祂為師。
如果祂跟自由女神打，只要兩巴掌就可以秒殺她。
跟獅身人面打的話也是超OK，一個過肩摔就擺平了。

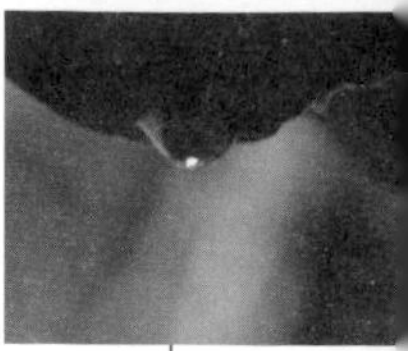

住在對面的雨男

對面搬來一個男大學生，超級宅。

原本我們彼此不相識，但我在網路上連載小說，而他是個默默支持的讀者。有天他從我放在部落格上的照片認出我就是住在對面的死研究生，便厚著臉皮敲我的門，說：「不好意思，我是住在對面的讀者，我想看你尚未發表的故事結局，就是那個……」

「想得美。」我瞪著他。

從此我們便不得不認識了，我常藉著討論小說的後續發展跑去他房間混，實際上只是端一碗白飯過去騙幾個罐頭吃。他肯定知道我的用意，但他什麼都少就是罐頭多，也不怕我吃。

聊了幾十個罐頭後發現，這個宅男的文筆不錯，偶爾會寫幾篇關於校園的有趣事件報導賣給大報的記者，讓懶惰的記者掛名拿去刊登，而他自己也可以低調地混點生活費。

「既然文筆不錯，為什麼不乾脆在文章尾巴掛自己的名？」

有天中午我們一起吃鳳梨罐頭，我終於忍不住建議：「慢慢寫，總有一天可以被大家認識，那個時候要找出版社把文章集結出書就容易多了。」

「你不懂的，寫那種文章只是我打工的方法。」他無可奈何地說：「我對那種東西一點感覺也沒有。因為那種沒有感覺的東西被大家認識，我也不會高興。」

「那你對什麼樣的題材有興趣呢？」

「……旅行文學。」

「那就寫旅行文學啊。」

「我是一個無法寫旅行文學的人。」

「你在胡說八道什麼啊？」

「我……我會把所有的旅行都搞砸。」他說完，就把頭埋進枕頭裡。

寫東西最忌諱沒有熱情，更忌諱不知道自己在亂說什麼，於是我也沒多勸他。

加上我實在很少看他出門，每一次出門就提著大包小包的罐頭食物回來，一吃就是兩個禮拜，直到所有的罐頭都吃光了才會被逼著出去。這樣懶惰自閉的人要寫旅行文學，也有點怪怪的。

某天，我不由自主看著窗外的好天氣，走到對面敲門。

「出去走走吧，你的罐頭又差不多吃完了。」我說。

「我還有一打豆花罐頭。」他侷促地指著地上一箱花生豆花。

「靠，宅也不是宅成這樣，今天我正好領到房客的版稅，就別吃罐頭了吧。我請你吃義大利麵。」於是我硬拉著他出門吃飯。

臨走前，他神色扭捏地抽起兩把傘。

神經病，大太陽的帶什麼雨傘，防鳥糞嗎？

我騎摩托車載他，沒想到還沒騎到巷口的紅綠燈轉角，原本豔陽高照的天空竟蒙上一層薄薄的雲氣。

待紅燈變綠燈時，忽然開始飄雨。

「見鬼了，你可以當天氣預報員了。」我笑罵。

「……」他低著頭，不敢接話。

漸漸的，雨從用飄的，改成用噴的，最後變成用砸的。

我不得不將摩托車停在路邊，跟他撐傘走路到等一個人咖啡吃飯。

我的鞋底發出啾啾唧唧的水聲，褲管整個溼到膝蓋，心情實在不很好，於是碎嘴說了他幾句帶雨傘出門簡直是帶賽。

「我也不喜歡這樣啊。」他囁嚅道。

◀我等了這顆雨滴從葉尖落下等了快五分鐘，腿上都是小黑蚊叮的包，但每次快走人的時候，風一吹，那雨珠就要滴不滴，好像幾乎要瞬間滴下似的，弄得我捨不得放棄，痴痴拿著鏡頭繼續對焦。
最後我放下相機，用力把它吹掉。
超不爽。

咖啡店裡的冷氣很強，我們又溼又冷地吃完了義大利麵後，他便買了兩大袋的罐頭回家。而我也連續打噴嚏了三天。

後來我偶爾手頭寬裕，會邀他跟我一起出門吃點真正的東西，他都很抗拒，甚至會把我推出門，我只好幫他帶幾個便當回來。

有一陣子連日見鬼的酷熱，據說是什麼太陽表面能量異常，引起從中國內陸吹向台灣的沒營養沙塵浪。

我房間的冷氣壞了，早餐跟午餐都是放在陽台上直接烤好的吐司夾蛋。

「真想下場大雨啊。」我只穿條四角褲，已經吃了三支冰棒了。

「真……真的嗎……」他眼睛一亮。

「是啊，下完雨後風一吹，天氣一定超涼的。」我滿身大汗含著冰棒，打開冰箱吹冷風。

我話才剛說完，他就抽起雨傘出門了，說要去買幾個綠豆薏仁罐頭。

沒想到我才剛剛從窗戶看見他走到巷口，他的雨傘就派上了用場。

烏雲像是黴菌一樣亂七八糟憑空鑽生，纏得像濃密的髮菜，但遠處的天空卻還是豔陽高照——涇渭分明的天空勢力。

溼溼的，一顆水滴啪搭在我的鼻尖上。

約莫一嚬重的傾盆大雨嘩然了十幾條街。

「實在是太神了。」我讚嘆，忍不住大叫。

樓下的他聽見了，靦腆又不居功地舉起雨傘，似是向我的吼叫致謝。

關於這個當不成旅行作家的他的故事還有很多，為了保護他不被中研院捉去研究，以後我們就叫他雨男吧。

帶著傘去旅行

上次說過，住在我對面的，是個雨男。

《正義論》的作者羅爾斯說：「一種清晰的獨角獸概念，並不表明實際存在獨角獸一樣。」而雨男，對我來說已經跳脫概念跟定義的範疇，活生生宅在我對門，我們時不時會一起分享各式各樣的罐頭。

平常的雨男總是與溼氣為伍，令我無法在他的房間久待。

冷氣機的除溼功能開到最強也沒用，每一次我刻意深呼吸，肺部給我的回應就像走在清晨的溪頭杉林裡的感覺。遠遠不是霉味，但確實是過度溼潤，我貼著牆壁吃罐頭，背上竟被滑潤的結水溼了一片。

溼到什麼程度？雨男在電腦前養了幾盆花草，原本是七里香跟迷迭香，養到最後不知怎地全都蕨類化，突變成新品種的怪異植物，我擔心如果我待在他房間太久，遲早會在手指縫中長出薄如蟬翼的蹼來。

「雨男是一個種族嗎？」我扒著飯，配著他剛剛買回來的麵筋罐頭。

「歐拉歐拉歐拉歐拉歐拉……」乾屍室友含糊鬼叫，搖頭晃腦從雨男的床底下爬鑽出來，嘴裡還塞了三隻嚇死了的蟑螂。

「不，是一種命運。」雨男輕輕一腳，將乾屍室友發黑的臉踹開。

命運？我不懂，繼續追問。

他將臉躲在蕨類捲曲的葉片後，用細如蟬鳴的聲音解釋他的身世。

雨男的爸爸媽媽都是極其平凡的人，在家族的口述歷史中也不曾聽聞過祖先具有類似的特徵，所以雨男是跟基因沒有關係的「品種」。

由於每次出門必然下雨，久而久之被發現這層看似牽強附會、實則絕對帶賽的關聯後，雨男的人緣就變成了字典上才能理解的意義。

唯一可以讓雨男感覺到自己有用的時候，就是依循地方報紙上的乾旱新聞，興沖沖跑到該地，讓農作物得到雨的滋潤。堪稱不可思議的義舉。

「我看是基因突變吧？我記得上個月不是有個人在短短一個月內，在棒球場遭雷擊兩次！」我略帶興奮地，弓起身子說：「說不定他的基因就是跟雷有關！這個世界的天氣，原來就是這麼任性地被你們決定的！」

「九把刀，這件事不值得興奮。」雨男苦著臉，豎了根虛弱的中指：「每次出門都遇到下雨，我自己也覺得很煩，超煩，有夠煩。」

「扣掉別人對雨天的刻板印象，連召喚雨的你自己也會煩？」

「沒有人喜歡鞋子溼溼的走路吧？」

大家都喜歡晴天，沒人喜歡撐傘。這也是沒辦法的事。

不過事情總有例外，他說。

「有一次我看電視新聞，為了拯救一條快要乾涸的小溪，我抄起大傘就搭火車跑去屏東，沒想到才剛到現場就滿天烏雲，那雲厚得就像一大塊泡滿水的溼毛巾。我發現同時有五個人默默撐傘出現在河邊，大家這一站，就是五、六個小時。那時候我才知道我並不孤單。」

「超屌的！」我握拳。

「歐拉歐拉歐拉歐拉……」乾屍室友亂叫。

「你應該看看，同時有六個雨男向天討水喝的力量，那雨啊，從黑色的溼毛巾給擰了下來，下得我們全感冒了。」雨男說得悠然神往。

▲我沒買過一手的新機車。
有些東西永遠都只能在次要選擇裡盤算，卻陪了我們好多動人時光。
我那三輛曾經的舊機車共同擁有一個名字，exciting。
我愛你們。

「那好啊，為什麼……」我話說到一半就住嘴了。

原本我是想問，既然都找到夥伴了，為什麼大家不乾脆住在一起，如此便可以相互取暖彼此奇妙的命運啊！但轉念一想，這麼多雨男集中住在一個城市，如果好死不死大家同時出門，我們就可以在街上捉小魚了。

雨男說，雖然這世界多的是不知道自己跟天氣之間有連帶關係的人，但漸漸發覺自己悲慘命運的雨男們，這幾年大概也有上百人透過網際網路搞了一個社群，有系統地分配大家的居住地，免得雨男為了討生活全往大都市跑，也一併把全世界的雨都帶了去。

「如果有人想旅行，一定得事先報備才行。」雨男說：「而且，一直下雨一直下雨是怎樣，我根本不可能好好寫旅行文學！」

錯！錯之極矣！

「如果寫一本《走在雨中的爛旅行》，靠，我覺得很有搞頭啊！」我說。

「真的……真的有搞頭嗎？」雨男霍然打直腰桿。

「一定有搞頭！大家絕對會覺得超妙，之前不是有什麼《衰神左撇子》之類的暢銷書嗎？總之現在就是流行大大方方的出糗！你啊！就帶著傘去旅行吧！」

雨男只是靜靜地躲在蕨類後面，若有所思。

晚上不要抬頭看大樓

雨男有個很特殊的朋友，姑且叫他「借宿男」。

由於欠了銀行一屁股卡債，銀行將債權轉賣給非常喜歡油漆彩繪的討債集團，逼得他三天兩頭就來找雨男借宿，免得被討債集團抓去囚起來，整天餵大便。

為了省錢，雨男、我、借宿男偶爾會將各自冰箱剩下的東西丟進火鍋裡，混在一起吃，補充缺乏的營養。有一次我們的冰箱不約而同都只剩下幾顆雞蛋，通通丟進火鍋裡後還是一成不變的雞蛋，晚餐吃完後大家都很不爽，便一起去附近的公園亂晃散心。

當然，下著雨。

撐傘晃著，大家有一搭沒一搭聊著最近的政治鬧劇，我沒心思聊我改變不了的亂象，心不在焉亂看附近的高樓，脖子越抬越高。

有個呆呆站在大樓頂樓陽台的女人吸引住我的視線，她眼神空洞茫然，由上往下看，我由下往上看，隱隱約約四目相接。

跟陌生人這樣對看，讓我心裡有點不舒服，卻沒想到要把眼神挪開，反而越看越往那棟樓底下走去……

那個女人有什麼心事？為什麼要這樣盯著我看？

我越來越迷惘，頭有點暈。

「喂！」借宿男突然用力拍了我的肩膀一下。

我猛然一抖，回神後，那個在高樓頂端發呆的女人也不見了。

「晚上出來，別老盯著樓房頂端瞧，特別是高樓大廈。」借宿男嚴肅警告。

「為什麼不可以？」我不解。

我只聽過老一輩的人說，晚上在樹林裡走動時不要隨便盯著樹看，免得不小心看到不乾淨的山精鬼魅，或所謂的魔神仔。那些怪東西會熱忱邀你吃大餐，但等你下一次醒過來的時候，嘴巴裡都塞滿了泥巴跟小蟲。

但我可沒聽說過借宿男口中的說法。

「這幾年生活的壓力越來越重，用自殺逃避人生的人多了起來，跳樓的成功率最高，選的人也多。你應該聽過吧，自殺的人不能投胎，地府也不收，哪裡也去不了。冤魂得每天不斷重複死掉的過程，直到原本的陽壽到期才能解脫。」

◀為了切合這篇文章的題，在街上隨機尋找恐怖的大樓往上拍。
拍著拍著，我想街景其實都很不恐怖，只是鏡頭會說出另一個故事。

「有聽過。」我心裡毛毛的。

「……跳樓死掉的冤魂，每天也要重複一次跳樓的痛苦過程，一次又一次，你剛剛看到的，很可能就是不乾淨的東西。」借宿男若有所思踢著地上的鋁罐，慢慢說：「如果與那東西四目相接，底下的人便會被迷惑，往樓底下走去。當那東西高速墜落自殺，就會直接摔入你的軀體，那時候你自己本來的元神會被壓得魂飛魄散。」

雨男愣了一下：「借屍還魂？」

「正是。」借宿男將鋁罐踏扁，吐了一口氣說：「至於魂飛魄散會怎麼樣，我也不知道。」

「等等，你怎麼會知道這種事？我從沒有在靈異節目裡聽過這種說法。」我瞪著借宿男。好歹我也是個小說家，別想亂編鄉野傳奇唬爛我。

「因為我原來也不是這張身分證裡的人啊。」他從口袋拿出皺巴巴的身分證。

有那麼一瞬間，我覺得那張身分證裡的笑臉扭曲了起來。

我的臉麻了。

「原本我以為這一換，從此以後就能重新再來，沒想到這個被我住進去的人也是個被追債追到發瘋的卡奴……如果我不抓他交替，他遲早也會燒炭自殺。」借宿男嘆氣：「真正自殺過一次，我當然不想再死一次。絕對不想。」

我的臉還是很麻。

「有時候我會想，我會摔進這個麻煩累累的身體裡，一定是因為我人生的課題還沒完結吧。怎麼說咧？我以前欠下的債額，跟這個男人欠下的款子一模一樣，連利息都一樣。」借宿男苦笑：「欠下的債，到哪裡都得還。活著還比死著還，真的要輕鬆太多了。」

隔天借宿男就去工地扛鋼筋挑水泥了。雖然累，但總不用繼續搞高空彈跳。

而我的臉，到現在都還是麻的。

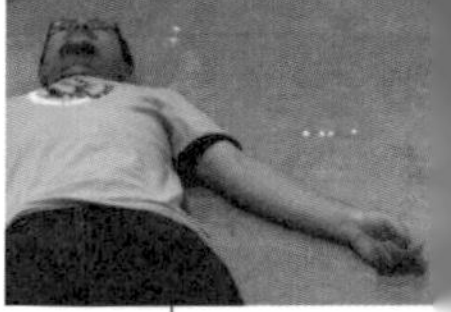

要好我的九把刀

寫小說以來看了許多光怪陸離的風景。

如果要問我，這些年獲得最大的「資產」是什麼？

答案肯定是：「有五年的時間，我的書全部賣得哭八爛。」

過去好幾年網友都在網路上看我的小說卻不買，於是書賣得很爛，幾乎沒有一本再刷過。這沒有什麼，口袋空空而已。

假設有十個網友在網路上看了小說、其中只有一個會買實體書，「消費者／線上讀者」的比例為十分之一，那麼蠢人作家會做的事就是不再於網路上發表小說，好逼迫線上讀者去書店罰站、或購買。

然而殘酷的事實往往是：不會買你的小說就是不會買，他看不到你的免費創作，網路上還有很多其他選擇。

我無所謂，反正最爛還是口袋空空而已。

對我來說若「消費者／線上讀者」的比例永遠是十分之一，那麼我用熱烈的故事創作，慢慢使喜歡閱讀我小說的線上讀者擴大一千倍，如此身為分子的消費者也就會乘以一千。這麼一來，我就能順利以寫作為生。

如果事與願違，分母不動如山，那我每個月都很用心寫一本書，即使沒有一本書再刷，我還是能用一個國中老師的薪水愉快地維持我創作的尊嚴（於是有了連續14個月出了14本書這種瘋狂、卻很踏實的紀錄）。

這就是我的算盤，幸運與不幸運，我都能用當下的創作維繫將來的創作。

寫小說七年了，前五年書賣得哭八爛，但我還是著魔似沉浸其中，根本不管市場反應就是津津有味地寫，越寫，越快。

這段珍貴的經驗讓我充分理解「我真的很喜歡寫小說」，而非索求其他。

而近兩年，分母幸運擴大。

前一陣子海峽兩岸圖書交易會上，四大出版通路將我選為兩岸十大作家之一，我很嚇也很高興，引述灌籃高手裡南烈跟流川對決時所說的名言：「打球很快樂，但，勝利能增加一百倍的快樂。」

入選兩岸十大作家，我不知道標準在哪，但我很單純就只是負責高興。消息傳出，許多網友很替我振奮，認為「九把刀終於跳出網路小說家的程度」。

但我深深不以為然，回敬「什麼網路小說家的程度？我永遠都是網路小說家」一句，因為我始終不認為發表作品的平台會決定作品的素質——這種爛結論無論如何都太偏激。

值得深思的是，也有一些網友對此新聞表示：「雖然九把刀的書不錯看，但還不到純文學。」或：「不過是大眾小說。」或乾脆丟下一句：「文學沉淪」。讓我很傻眼。

文學的道路很寬廣，也不只一條。

有筆直攀往雲端的天道，蜿蜒曲折的小路，天寬地闊的馬車大道，幽暗神祕的洞隧，甚至飛泉走壁的獸徑。

不見得每一條路都想攻頂，自也不是每條路都想親吻谷底風光。

台灣不缺朱天心，因為已經有一個朱天心了。

台灣不缺駱以軍，因為已經有一個駱以軍了。

因此我要好我的九把刀就是了。

我不想為了虛幻的文學族屬認同，去勉強自己靠近任何一種我並無興趣的道路。也沒有一個創作者應該如是。

想一想，如果我跑去鑽營嚴肅文學、最後成為一個很普通的嚴肅文學領域的咖，這樣好嗎？

每年少了五十萬字的有趣小說，這樣沒有怪怪的嗎？沒有甘霖老師嗎？

我還是獨鍾沒有特定形體的創作姿態。

在台灣，多的是實質閱讀大眾小說的族群，卻鮮少人願意單純用「非常好看」去尊重大眾小說的創作者。將頭一偏，翻譯文學裡的卜洛克、丹布朗、宮部美幸、卡拉斯、史蒂芬・金、夢枕貘等洋作家，受到廣大台灣讀者的實質喜愛，卻沒有人會想到將「不是純文學」的怪帽子套在其上。

兩相比較，奇特非常。

所幸，我們還有金庸。

金庸的武俠小說以通俗的形式贏得所有文學板塊的一致掌聲，為「只要超級好看，就是絕對的王道」留下一道搶眼的光。

留下了一個方向！

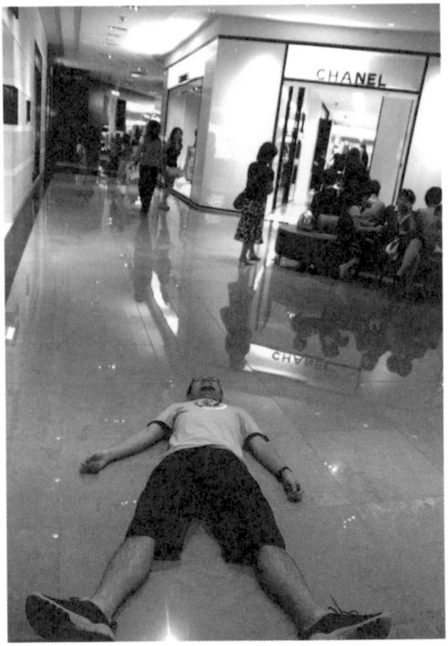

▲在關島貴翻天的名牌專賣廣場裡，連個橡皮擦都買不下手。
不過沒關係，躺在地上是不用錢的，而且我說過了，這還是個很高尚的行為。
我敢打賭，躺在地上拍照一定會成為世界級的時尚潮流。

林志穎與周杰倫

「找個偶像來迷吧！」是年少時的我，精神上尋找寄託的方式。國小五、六年級的時候，小虎隊是所有國小、國中生共同著迷的偶像團體，每次買小虎隊新專輯，我都一定靜靜坐在家裡堆滿藥品的倉庫裡，一邊聽著錄音帶一邊看著歌詞本跟唱，直到我學會唱每一首歌。

那時我覺得什麼豹小子、紅孩兒根本就是莫名其妙的盜版團體，根本就是來亂的。當小虎隊解散的時候我完全傻眼，取而代之的，是日漸崛起的小帥哥林志穎。

帥到出水的林志穎很快就蠱惑了所有班上女孩的心，紅遍大街小巷，我喜歡的偶像團體以不可思議的速度被大家遺忘。

我能做什麼呢？能做什麼？我唯一能做的，就只剩下討厭林志穎了——並鼓勵我身邊的朋友加入一起討厭林志穎的行列，羅織像「天啊，你喜歡林志穎喔？我的天啊你實在是太沒品味了！」「林志穎這種沒實力、只會撥頭髮裝帥的藝人，只有沒腦的小女生才會喜歡啦！」這樣的理由。

是的，都是爛理由。

回想起來，林志穎是個非常用心也用力的藝人，也是個很優秀的賽車手，熱心公益，沒什麼大缺點，更沒做出什麼腦殘的酒後撞車或打人等負面新聞。

追根究柢，當時我所做的，不過是想藉著抗拒當紅偶像、凸顯自己擁有別於他人的品味。我甚至連林志穎任何一張專輯都沒好好聽過，就可以因為林志穎長得太帥，武斷地宣判他唱歌沒有實力。

真相只有一個——我就是不想喜歡他，不想喜歡大家都喜歡的人。

我害怕從眾，從眾的感覺讓我覺得自己不出色、過於平凡、被強制整合在集體裡，而我無法從中辨識出自己身處的位置。

你問我這樣好嗎？我說當然不好。

▲「台灣加油隊」是漏鳥達人李昆霖跟卡神楊蕙如聯手成立的，常常在國際比賽為台灣選手加油，很猛，很熱血，據說一起加入的男女朋友最後都會步入禮堂，可說是現代的愛情傳奇。
要怎麼加入、什麼時候有比賽，用Google查一下就知道囉！

這種硬要排斥大家都喜歡的事物，所營造出的自我獨特，其實是一種很虛弱的假象，更不會讓我實質上地擁有獨特。

老祖宗很早就明白物極必反的道理，但往往物極必反只是一種心理上的抗拒。網路上多的是想把5566推進毒氣室的鄉民，但問他們為什麼討厭5566，大部分的鄉民大概只能支支吾吾說……

「啊5566就是腦殘啊！」

話說念碩士時聽了周杰倫的范特西專輯，一整個大驚，從此喜歡上周杰倫深具突破性的音樂。未料周杰倫越來越紅、紅到整個華人音樂都為之震撼、紅到當我說出：「我喜歡周杰倫的音樂。」一時，完全無法凸顯自己。

然而我已沒有當年那種為了假獨特、力拒加入集體喜好的爛個性，這次不管周杰倫是否紅到讓很多人覺得龜懶趴火，我還是非常熱切期待他每張新專輯。

好玩的是，許多我的讀者竟無法接受作風特立獨行的九把刀竟然跟大家一樣，

都喜歡大家都喜歡的周杰倫；我每每提及我愛周杰倫的曲風，眾人都抱頭哀號。

情有獨鍾，顯露你的品味。

擁抱群眾，竟意味你很勇敢。

有一次跟幾個剛認識的朋友聊到漫畫，我問大家：「如果你不幸漂流到荒島，你希望手邊有哪三套漫畫陪你在島上度過一年？」

大家要我先答，於是我率性說出：「大概是《灌籃高手》、《海賊王》，跟……《七龍珠》吧！」

不料大家用鄙視的眼神打量我，然後輪流說出常泡在租書店的我連聽都沒聽過的「超冷門經典漫畫」。

……那一瞬間，我立刻明白他們在做什麼。

正如我以前的舉例，如果我問他們最喜歡的小說是什麼，這種人就是打死不說任何最近才剛剛嗑過的大眾小說，反而拼命回憶在某堂通識課恰恰好讀過的「經典文學」吧！

乾屍交流協會

在報紙專欄上寫了養乾屍的經驗談後，接到了很多讀者來信，大家說我很久沒提我那隻超會吃蟑螂的乾屍室友，感到非常懷念。

有人還想出高價買我這隻，但實在不好意思，就算再蠢的狗養久了也有感情，這頭乾屍某個程度上也算是家人……喔不，算是家具的一部分了，恕不能割愛。

上禮拜我接到一封匿名信，信上說由於我將豢養乾屍的活動大力推廣（謎，有嗎？），希望我可以帶屍體（記得嗎？它的名字就叫屍體）去中山路跟長安街交叉口那間教堂，參加養屍同好之間舉辦的首次交流會、分享心得。

這麼酷的事我怎能放過？當然是去。

到了教堂現場，大家豢養乾屍的狀況讓我大開眼界。

首先是一個提著菜籃的歐巴桑。

她的豐功偉業是砍死外遇的丈夫後，再依照《只要十分鐘，你也可以乾一條屍！》工具書裡面的步驟，將死去的丈夫做成乾屍豢養起來。

「靠，沒人報警嗎？」我頭歪掉。

「有啊，那些警察看見我老公坐在沙發上給電視看，罵幾句髒話就走了。」歐巴桑笑容可掬，挽著她那面無表情的乾屍老公的手。

「……」我啞口無言。

「以前我老公啊，只會在外面亂搞，現在他都會陪我上街買菜、聽我罵隔壁的王太太，還會陪我看電視呢！」歐巴桑滿足地依偎在面無表情的乾屍老公旁：「是不是啊，老公？」

我好想吐。

另外有隻搖搖欲墜的乾屍我瞧得很眼熟，在我還沒開口詢問前，該乾屍的主人，一位中年男子就主動為大家說明那條乾屍的來歷。

原來那隻乾屍生前是常在報紙社會新聞版上出沒的通緝犯，專幹擄人勒贖的骯髒事。我記得他在五年前就被槍斃，死的時候還上了報紙頭條。

「為了把他做成乾屍，我花了大把鈔票才把他從監獄停屍間裡偷偷運出來。」中年男子冷笑。

幹掉老公的歐巴桑不以為然：「養這種死沒人性的幹嘛？」

「十年前他綁架我的兒子撕票，我怎麼能讓這種人入土為安？如果我的兒子還活著，現在已經上大學了！」中年男子恨恨地說，撕開通緝犯的上衣。

通緝犯的身上佈滿無法估計的恐怖傷痕，幾乎沒有一吋皮膚與骨頭是完整安好的。中年男子突然拿起一把水果刀，毫不在意地捅進通緝犯的腰椎，嚇得我幾乎從椅子上跳了起來。

中年男子哈哈一笑說：「現在，我每天殺他一次。」

大家鼓掌叫好，眼光隨即停在上身赤裸的李X龍身上。

是的你沒看錯，就是那個把東亞病夫打到外太空去的李X龍。

「大家好，我是李X龍。」李X龍蒼白著臉，用非常死板的聲音說：「快拿起雙截棍，哼哼哈兮。」然後用非常非常不自然的動作耍了一遍雙截棍。

大家目瞪口呆，看著收藏李X龍的知名大企業家（恕我不能透露他的名字）。他的財力雄厚，專門收集五星級的名人乾屍，今天只是隨便帶了一具給大家讚嘆。

「我花了好幾年的時間才教會他說這幾句話、兼耍幾秒的雙截棍。這實在不算什麼，各位應該去看看國外那隻貓王乾屍，他唱起歌來完全聽不出來曾經死過呢！」大企業家謙遜地說。

「蝦小！還會唱歌！」我大受打擊，忍不住看了看身邊只會抓蟑螂吃的屍體。

「現在收藏名人的乾屍已經取代名畫跟名車，成為富豪較勁的新趨勢。現在有很多當紅明星未來死去後的屍體期貨，在黑市都喊價到十幾億啦，畢竟能收藏名人、使喚名人、惡整名人，是一件非常迷人的事。」一個將因車禍變成植物人的媽媽做成乾屍孝順的記者兒子，頗有研究地說。

「你說得沒錯。」大企業家靦腆地說：「下禮拜我還得去競標黛安娜王妃的乾屍呢，希望能將黛妃的乾屍納入我們台灣的收藏，為台灣爭光。」

他毫不居功的表情，讓我心折非常。

關於豢養乾屍的種種，實在還有太多的趣例。

▲這是我跟小內在礁溪拍的。
一條鞋帶大小的小蛇啃住一隻小青蛙，但怎麼吞就是吞不下去，有點尷尬。
我們蹲在地上猛拍，甚至走了很遠、很久之後，我還是忍不住回去多拍了好幾張（本來是想拍小蛇吞食青蛙的最新進度，沒想到一點進度也沒有）。
在日常生活裡看到Discovery的畫面，真的很酷。

什麼是中年人？

如果你很幸運一直活著，人生有很多階段。

十歲以下就開始思索人生意義的小孩，絕對不可愛。

十幾歲的小鬼除了忙著否定大人，就是忙著談戀愛。

年過二十的血氣方剛，開始劃分夢想是夢想，理想是理想，認定追隨前者的是勇者，擁抱後者則是一種委曲求全。每天早上信仰三個新人生理論，每晚棄置其中一個。

三十幾歲開始，有一成的人終能把理想實現，有八成的人，夢想就跟夢遺一樣遙遠，只能緬懷不能褻玩。至於剩下的一成，則繼續不斷採購勵志作家寫的「如何成功」跟「如何談戀愛」，試圖做最後的翻盤。

過了四十歲，還有時間不斷檢討人生的，大概也變不出什麼把戲了。

五十歲以上不討論，我實在不熟。

有道理嗎？其實以上都是「非常作家的語言」，可說沒什麼根據，只是打打嘴砲做一些無聊又自以為聰明的劃界動作，聽一聽笑一笑也就罷了。

不過有些現象值得討論。

前一陣子跟幾個大學死黨吃了頓飯，發現大家將襯衫、甚至連T恤都紮進了褲子裡，我大吃一驚，失魂落魄拉著大家的衣領吼道：「振作點！事情還沒有這麼嚴重！」

什麼事嚴重了？

我在他們將衣服紮進褲子的動作裡，看見了「中年」！

大學畢業了六年，回想一次次的同學會，大家一見面就交換名片、一坐下就聊科學園區裡的員工配股概況，彷彿是種進入中年的集體儀式——如果名片上的公司行號你不需要多做解釋，你就能在這個儀式裡抬頭挺胸；如果你得費盡唇舌才能讓其他人理解你待的公司經營的業務，那你就徹底輸了。

在這個中年集體儀式裡，戴球帽穿破洞牛仔褲的我顯得格格不入。

想跟大家聊以前發生過的蠢事（諸如當年到底是誰不斷在浴室裡偷大便、415寢室到底有沒有鬧鬼、我為什麼要每天在寢室裡燒紙、九刀盃自由格鬥賽……），大家的表情都有種摸不著頭緒、彷彿硬碟壞軌似的失憶；討論當初系上某教授老是對女同學毛手毛腳的話題溫度，遠遠比不上討論新一代iPod的零組件到底下單了哪幾家台灣公司——然後那幾家公司的股票就可以買。

話說當初第一代iPod剛剛面市的時候，我聽著iPod去參加同學會，我還得跟這些忙著賺科技錢的老同學們解釋iPod是什麼東西、有什麼功能、為什麼它的操作界面遠遠優於其他的MP3-player，一直等到這些老同學從財經雜誌上看到iPod的滾滾商機，他們才恍然大悟地接受了它。

對我來說，這是很不可思議的事。

那些當初在專案報告課程裡、勇敢挑戰教授的資優生跑哪去了？

那些在行銷課上跟教授辯論如何拓展產品客層的小夥子跑哪了？

我在個人網站上跟網友討論此事，大家開始發表什麼是步入中年的徵兆。例如去KTV點歌時盡點「懷念金曲」、「中年男人越來越愛面子，中年女人越來越不怕丟臉」、聽見「抗氧化」或「有機」等字眼會感到興奮、一邊嘆氣一邊不經意說出「現在的年輕人啊……」。惡毒一點的，莫過於「在枕頭上聞到了大叔的味道」吧。

在年輕網友們的討論裡，大人被妖魔化成了一種發出腐敗氣息的生物，在此論述裡，中年不再是一種年齡的界限，而是行為舉止與青春之間發生了強硬斷裂，於是小鬼變成了大人——而且還是無法想起小鬼在銜蝦小的那種死大人！

話說中年也沒什麼可怕，因為我們不見得要用狼狽不堪的姿勢步入中年。

今年二十八歲的我，真誠希望我到了所謂的中年後還是會偶爾奢侈地夢遺，依舊相信我所說的「說出來會被嘲笑的夢想，才有實踐的價值；即使跌倒了，姿勢也會非常豪邁。」

然後，每天醒來刷牙時，清楚知道鏡子裡的人是誰。

——一個不需要用名片上的字句，去解釋我如何存在的誰誰誰。

▲為了變強，我常對著大海練習演講。
有天下午連續演講了兩個鐘頭後終於忍不住尿意，偷偷解放了一下，
不料卻被某週刊的記者拿長鏡頭偷拍到，被糗了一頓還遭勒索。
後來我以兩百塊買回了底片，唉，現在想起來還是很害羞。

好一個五鬼搬運法

前一陣子看了電影〈頂尖對決〉，內容講述兩個追求魔術技法超絕入幻的魔術師，彼此較量、仇恨——直到不惜毀掉對方的故事。影片中某程度揭露了魔術的底細，也解答了我長期以來看著電視上的魔術表演，產生出來的疑惑：「我看得很仔細！這絕對不是魔術，台上那個人根本就把靈魂賣給了惡魔才能做出那種技巧！」

我就是這麼一個不爭氣的傢伙，對於一些不可思議的現象，我很輕易就相信那是「神力」、「靈異現象」、「魔法」、「外星人幹的」，而不會想辦法用科學的角度進行拆解。

試圖用物理化學去解構那些讓我吐出舌頭的怪誕傳聞，根本就很掃興。

比如說愛情吧。

愛情明明就是一件神祕到頂點的靈異現象，但好幾則科學新知都興沖沖告訴我們，我們之所以對另一個人產生愛意，是因為腦下垂體一不小心就分泌出怪東西，或是什麼荷爾蒙的氣味刺激了彼此的性慾。喂！醒醒！最好是你身上噴滿獅子跟大猩猩的荷爾蒙，林志玲就會愛死你！

又比如接吻吧。

接吻明明就是一件很色的事，但之前有個報導說，接吻能夠讓兩人交換口水裡的細菌、促進增強免疫力；而接吻能令呼吸急促、心跳加速，於是收運動保健之效；上班前來場接吻能提升工作效率；每天接吻五分鐘以上的人比不接吻的人的壽命平均多了百分之二十……我的天，接吻變成了老年人的健康保健活動！

雖然我蠻討厭科學這樣蠻橫、又假惺惺地插手我喜歡歸類為靈異現象的事物，但我也知道如果聽聞任何怪事都不加思索猛點頭的模樣，實在太像小丸子的爺爺之流，顯然也不大好。所以我偶爾會發揮偵探的精神。

約莫大三的時候，我跟前女友在週末必逛的新竹花市裡，看到角落空地圍了一大群人看熱鬧，走近一看，原來有個法師模樣的人在中間表演「五鬼搬運大法」。

法師在地上擺滿幾個糖果餅乾，然後用一個水桶蓋住，再拿一個空水桶蓋在離第一個水桶三公尺處。接著，法師開始燒紙人，手裡虛畫符令、口中唸唸有詞，作法告一段落後，法師宣稱在五鬼的隔空搬運下，糖果餅乾將「移動」到原來空的水桶底下。

「請各位鄉親朋友不要走開，五鬼搬運要一段時間，請大家拭目以待啦！」法師神祕兮兮地說。

當然要拭目以待啦！五鬼搬運耶！太酷啦！太神啦！

我目不轉睛盯著那兩個水桶，生怕有人趁群眾不注意時搞鬼。

但我錯了，那兩只水桶從頭到尾就沒有人靠近。

超強的法師在大家熱切等待五鬼搬運的結果時，拿起麥克風開始賣藥、賣明牌、跟大家喇賽。時間一分一秒過去，大家藥也買了，明牌也買了，喇賽也聽膩了，但他媽的那兩個水桶就是死不打開。

不知不覺一個鐘頭過去了，不耐的群眾早已散去、換了批人、又散去，最後只剩一小撮人。法師絕口不提地上那兩個水桶，只是一股勁推銷他手中的符咒，眼角餘光不時飄向從頭到尾雙腳都釘在地上的我。

「走了啦，好無聊喔。」前女友皺眉。

「都等那麼久了，再等一下下？」

「我腳好痠喔。」

「那……我們躲遠一點看好了。」我還是不死心。

我們閃遠，偷偷從遠處觀察法師如何善後。

人終於走光，法師左顧右看後鬼鬼祟祟將兩個水桶打開，答案揭曉——當然是五鬼搬運了個屁。

法師將賺錢的家當火速收上發財車後用通緝犯的速度離去，臨走前發現了悲憤交加的我，搖下車窗用眼神對我罵了聲幹。

我好失望，這個世界又一次對我失去了神力。

▲這是我的好朋友，老曹，他是我的國高中同學，幾乎每週末都會一起打麻將。
不過他很沒品，用蛋蛋發誓這輩子絕對不聽牌，害我們都超難打，流局率九成。
後來他就變成一隻豬了。

慢慢來，比較快

大學畢業後，我想念社會學研究所的意義有三。

一，當時熱衷寫小說，不想那麼快當兵。

二，我喜歡社會學。

三，我幻想：「能讀社會學研所的人，一定聰明絕頂；如果不是，念出來也必然聰明絕頂。總之一定能聰明絕頂。」

後來我自東海社研畢業了，很遺憾並沒有聰明絕頂，卻收穫了三件更珍貴的禮物。

由於大學時念的是管理科學系，與社會學的知識系統差異頗鉅，跟本科系考進的同儕相比我完全看不到大家的車尾燈。開學時大家將哈柏瑪斯、紀登斯、布迪厄等社會學家名號與理論掛在嘴邊，而我卻還在那邊：「關於各位剛剛提到的三小三小，我是覺得喔……」無法跟諸位社會學烈士先賢並肩作戰，久了自也著急起來。

老教授高承恕察覺我的惶急，用他一貫不疾不徐的語氣說出他的智慧名言：「景騰，做學問，一向是——慢慢來，比較快。」

慢慢來，如何比較快？

我當時無法領會，一度覺得是世外高人規定自己每天一定要說幾句高深莫測的禪機。但反正我也不明白什麼是「很快的做學問方法」，於是就每週看完指定的書、照常讀我喜歡讀的知識、每天寫我的小說。上課聽不懂的就問，繼續聽不懂的就算了（我後來才醒悟，一個人不能奢望自己能全竟其功，每個人都有不擅長的事，這世界上沒有一定要懂的學問）。

漸漸的，我重新喜歡社會學，並樂於親近——這才是最重要的。

第二個珍貴的收穫，莫過於陳介玄老師上的第一堂課，社會學理論，指定閱讀涂爾幹Émile Durkheim的社會分工論。

聰明的人都喜歡批判，以顯示自己並沒有被整合到僵化的體系；當時大家都是新生，每個人都死命掐著死掉快一百年的涂爾幹脖子，用各式各樣的新理論狂鞭這位對工業化後的社會提出真知灼見的法國大師。

陳介玄老師靜靜聽我們鞭屍鞭了兩節課，什麼都沒說，在下課前十分鐘，卻以非常嚴厲的眼神將我們掃視一遍，嚴肅說道：「你們在做什麼？你們懂什麼是真正的知識嗎？有誰真正把這兩百多頁規定的部分看完？你們考察過涂爾幹的理論分析的社經背景嗎？偷懶沒有的話，這兩百頁裡難道沒寫嗎？你們用輕浮的態度做學問，提出的，不過是廉價的批判！」

廉價的批判！這五個字重重擊在我心坎。

第三件珍貴的收穫，是大大方方的自信。

趙彥寧老師是一個很酷的人，為了讓她認識我、願意擔任我的論文指導老師，我跑去當了一學期人類學助教。

某堂課趙彥寧老師拿著幾份學生的期中報告，問其中一名學生：「你裡面用的〈筆者〉兩字，是在說誰？」

學生答：「我自己。」

趙彥寧老師又問：「還有你，你裡面用的〈研究者〉三字，是在說誰？」

另一名學生答：「我……我自己。」

放下厚厚的報告，趙彥寧老師冷冷說道：「對，就是你自己，通通都是你自己。那麼，既然都是你自己，為什麼要用假惺惺的第三人稱，去取代簡單的一個『我』字呢？」

大家目瞪口呆，只聽趙彥寧老師舉重若輕道：「不是沒自信，就是假客觀。」

好一個將學術慣稱擊倒的飛踢！

於是我的論文充斥著上千個「我」，竟讓光明磊落地主觀。小小的一個改變，竟讓我在書寫論文時勇氣百倍，毫不畏懼。

這三個收穫當然不侷限於研究學問，擺在創作，擺在做人處事也一樣。

慢慢來，比較快。

謙虛面對你所不了解的事物。

最後，別用惺惺作態的客觀姿勢論述你的主觀！

▲這是替代役宿舍走廊看出去的風景。
剛剛下完雨，入夜之際太陽的最後演出，絢爛了整片天空。
本想下樓去二水國小跑步，卻被美景吸引，將眼睛貼近相機。
這畫面讓我想起了《少林寺第八銅人》的封面。
七索與君寶，一定很熟悉腳底的汗水流瀉在這樣的屋頂上吧。

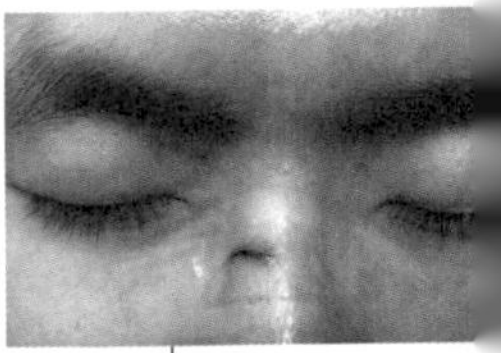

被打要站好

電影〈幽靈人間〉有句台詞：「有錯要承認，被打要站好。」

被打要站好的姿勢，值得我謙遜地學習一輩子。

對政治人物來說，說對不起最難。

政治人物犯了錯，不管是手滑了一下用機要費買鑽石，或是失神將特支費申報財產，政治人物通常會將三種頑固的句型縫在嘴上：

「對於這件事，我深表遺憾。」

或，

「外界的批評與指教，我們會認真反省檢討。」

或，

「我想現在討論誰該負責並非最佳時機，我們應該思考下次如何做得更好。」

政治人物慣用的這三個大家耳熟能詳又機八透頂句型——去取代一句乾淨俐落

的「對不起，是我錯了。」越是位居高位的政治人物，對這三個句型的種種變形使用就越熟稔，用起這三種句型時，臉上的表情也越誠懇！

說到底，政治人物可以行事瑕疵，但不能做錯事情。靠，這種想法，也未免太小看了華人社會一向最寬大的、最講究公道的「原諒文化」。

無論如何，做錯了事，只要心中雪亮是自己不對，當機立斷就道歉毋寧是最好的做法。多餘的考慮，會讓一個人有時間思考搪塞的理由，如果時間再拖延一點，那人便有進一步思考「說謊」的可能。

支支吾吾又絕不道歉的嘴臉，看了就討厭。好整以暇端出大好說辭粉飾自己的模樣，更讓人心寒。——有種，你就打心底覺得自己沒錯。

不過道歉道得太快，往往會讓對方不知所措。

有一次我跟一個剛認識的朋友討論事情，過程頗有爭執。由於我一路據理力爭，理虧的朋友招架不住，臉色越來越差。

到了最後，朋友沉臉指責我做的一件錯事，力圖扳回一城。

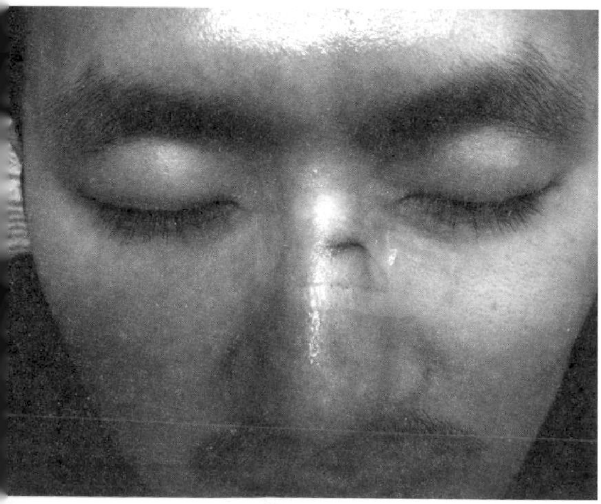

我愣了一下，旋即正色說道：「對不起，那件事是我不好，以後如果我犯了類似的錯一定要告訴我，我會改進。」

那朋友完全傻眼，臉色凝重說：「你這樣道歉，不是會讓我覺得很尷尬嗎？」

這下換我傻眼了，只能說：「認錯有什麼不對？」

那朋友不快道：「你不是應該說點什麼，好證明你所做的事情其實是對的，這樣才是正常的反應吧？你道歉，這樣我應該怎麼繼續說下去？」

乾淨俐落的道歉，招來更大的不愉快，卻是我始料未及的。

也許在這個過度偽善的社會裡，一個人鞠躬認錯的速度太快，會招來不安的猜忌，而不是爽朗的原宥。

想起一件跟排泄有關的對不起。

以前在成功嶺受大專訓時，有個老是自稱書讀不多的班長，戽斗厚實、一臉橫肉，上莒光課時，不管你是要大便還是小便，都得報告他才能離開教室。但戽斗班長總是當著大家的面大罵：「你他媽的不能等是不是！剛剛大家去尿你不去尿，現在尿什麼尿！」但實際的情況是，課程之間常常很趕，我們有時衝回寢室拿個東西就來不及去廁所，真熬不住了才會在課堂上申請排泄，卻招來一頓讓人面紅耳赤的罵。

▶柯魯咪帶我出去玩的時候，她害羞大便，我蹲下來欣賞，沒想到她剛大完就用衝的逃走，害我一抬頭就撞到路邊搭棚的鐵管，當場飆血太多，不得不暫時蹲下來想點人生的事。
傷口看起來不大，其實很深，到現在還是留下了很明顯的痕跡。
暴哥說：「每個男人都要有一條屬於自己的疤。」
我現在有了。

不知從誰開始，如果非得在課堂間如廁，大家就苦著一張臉跟戽斗班長說：「報告班長，我肚子突然很痛。」

肚子突然痛，這可是沒辦法的事，戽斗班長只好把幹字吞在喉嚨，冷冷地瞪著申請上廁所的人離開教室。時間久了，沒有一個人不是用「肚子突然痛了起來」的理由申請如廁。

終於有一天戽斗班長大怒，痛斥大家：「幹！怎麼可能每個人都肚子痛！想尿尿就想尿尿，你們這些大學生是什麼心態！硬著頭皮跟班長說：報告班長，對不起，我要去上廁所……然後被我狠狠罵一頓，我會不讓你去尿嗎！你們他媽的這麼禁不起罵嗎！」

這一罵頗具醫療神效，接下來想中途舉手上廁所的人，肚子都不痛了。

天使一路好走

話說從頭。

就讀東華大學的超甯是個漂亮大方，富有正義感的女孩。過去一年超甯聽聞許多關於某房東「剝削打工學生，訂金、押金退還拖延，房租漲價」等親身經歷後，路見不平，在bbs網路上指責房東的不是。房東惱火，一口氣控告十八位同樣在網路上散佈抵制該房東言論的大學生，其中包括超甯。

結果，十七位大學生低頭認錯道歉，換來房東的撤告。唯獨超甯以「永不妥協」回應，最後房東訴以毀謗。

檢察官提醒超甯需要舉證，否則案情對她不利。超甯開始在網路上尋求曾經吃過房東虧的學生協助，她寫道：

我很謝謝同學們的加油打氣跟關心，

不過目前在對抗整件事情的，殘酷的說，只有我一個人……

審判的結果，就是對與錯，是與非的答案，我輸了，就代表他是對的，我是錯的，他是好房東，我是造謠者，而不是我能夠在這裡提醒關懷日後的學弟妹。那以後的學弟妹們怎麼辦？還要再一大堆人跟我或之前學長姐有一樣的遭遇嗎？雖然官司是我跟他，可是我不覺得我只是為自己在爭取，所以我不要退讓。也希望，如果你能提出幫忙，不管是實質的，還是一聲加油，都會讓我繼續勇敢。我希望，也有人可以站出來，我會站在他前方擋子彈的。

超甯有勇氣為他人擋子彈，但最後，我們看到一則覆蓋白布的新聞。東華大學歷史系大五生楊超甯，十四日早上於擷雲二莊校舍上吊自殺，留下一句：「就算我離開人世，也絕不跟吳老奸低頭。」

一下子，台大ptt與東華bbs網站上野火蔓延，將砲口對向學校、對向教官、對向房東，怒氣沸騰，學生組織開始串連集會請願，「盛況」罕見。

看著網路上一頁頁的鄉民怒氣，悲愴不已的我不禁感到荒謬可笑。這就是網路鄉民的正義嗎？如果當初超甯在網路上尋求房客證人與支持時，有此刻百分之一的奧援，有憂鬱症病史的超甯會用這麼激烈的方式表達自己的立場嗎？

我說，是空虛的嘴砲正義將超甯逼到了極限。

學生好欺負，是因為學生擺明了好欺負。

所有被房東揚言控告的十七位學生全部臨陣退縮，如果他們當初在網路上義憤填膺地擲聲，是滿腔的熱血正義，那麼退縮不僅意味著你們體虛怕事，更是一種虛偽。

那些被大佔便宜的房客，只要離開了讓他們再三幹譙的困境，就徹底告別了腐爛的前塵往事？

剩下的，只有形單影隻的、從未受過那些房子氣的超甯。

憂鬱症病人是生了病，精神身體都虛弱，可超甯在意志上卻沒有表現出屈服軟弱，在承受巨大壓力的時候，她想到的絕不是退縮，而是無助又激動。

這個社會太多的嘴砲，缺少行動力，尤其網路上更充斥敲打鍵盤時瞬間產生的廉價正義。離開了網路，也離開了情緒，靠著菜市場般聚攏的集體正義也隨之消逝。

告訴你，那不是熱血，只是一時看不下去的腦充血。

相比之下，老是在為成為植物人的兒子張振聲槓上台大，在網路上瘋狂貼文數年之久的張爸，就令人由衷佩服。

曾經聽過，即使是微弱的聲音也是正義。那就去你的這種螞蟻大小的正義吧！

缺乏實踐力的正義，只是一個概念……一個供奉在廟堂接受香火的神主牌正義。

正義，是屬於勇敢捍衛它的人。

每個人，都該捍衛自己的正義——如果你認為它值得，就該拿出像樣的力量。

有網友說要在東華校園裡擺放裝置藝術，紀念這位為大家發聲的守護天使。

如果真立了像、造了碑，每個從其身邊經過的東華人都要想想，這個天使如何在寒冷的冬天清晨，看著手中紅色圍巾流下無助的眼淚。

附註：

由於事發後我就立刻寫了三少四壯專欄，所以有一些資訊更新上的錯誤。例如那十七位被房東控告的學生，有一些根本就不知道自己成了被告，在此向他們致歉。我保留寫此篇文章的意義與責任貼出原文，故用附註的方式表示資訊錯誤之處。

▲這是東大學生集結悼念超甯的畫面，感謝小黑提供的照片。
這個世界有很多種正義，但絕不是這個事件讓我們看到的那一種。
希望超甯得到平靜。

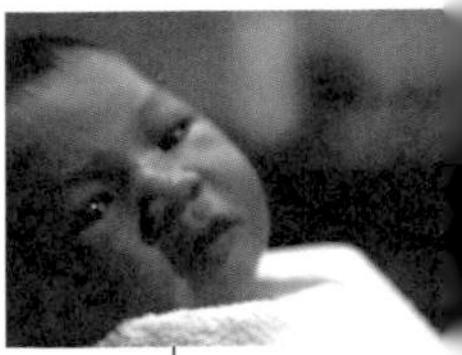

過重的父母期待

又到了學測的季節。

前一陣子在我的網路個人板上，許多讀者討論著當初大學聯考或學測後填志願時，常受到父母的威脅利誘，不得不改變原先對未來想法的經驗。有些父母甚至將孩子的志願卡藏起或撕掉，非常機八。

網友談起親身經驗，發現很多父母都很喜歡強迫子女（尤其是女孩子）選填師範體系的學校，理由再清楚不過，就是子女將來的職業清楚明白，是條為人師表的康莊大道。

結果誰料得到正式教師越來越難考，流浪教師每年十幾萬人……還持續增加中，如果不是對為人師表懷有高度熱忱，這些一畢業就失業的孩子肯定很賭爛自己的父母，更賭爛自己為什麼當初要順服父母的期望。

有個讀者大學指考的數學成績96.8，想念商學院或資管，結果被父母押去念幼教。由於她實在對所學毫無興趣，每學期都在二一邊緣，好不容易熬到實習結束已虛擲六年光陰。她說：「只能說，一切都是父母親不切實的期望。因為他們的愚蠢以及我的妥協，浪費了我黃金的歲月六年。我的父母這樣做，他們得到什麼？他們得到我與他們的關係異常得疏離，疏離到就算住在家裡，每天最多不超過兩句話。」

為了愛，為了用自己的方式去愛，父母是世界上最容易憂心忡忡的一對動物。

如果孩子決定要念「消防學系」或「森林系」，他們一定很嚇。但越是冷門的科系，很可能意味裡頭藏著非常專業的知識系統——而且，競爭也相對低。

我有個一起長大的好友大學念的是測量系，有整整四年我都偏執地認為他畢業後要去設計尺、圓規、三角板之類的東西（是的，我蠢斃了），結果他考國立研究所的錄取率超級高，高考公務員六級通過，如今他一帆風順。

物極必反，本是常理。

如果有一半的人都念醫科，那麼我們去動個心臟手術，大概只會收一份豬排便當的錢——正如許多財金系畢業的資優生，其實並沒有在櫃台數鈔票或替客戶操作基金，而是在街上發現金卡傳單。你替他不值，他也很幹。

其實大學念什麼，就跟孩子將來的職業有關嗎？

◀我們家的寶貝。
Umi，日語裡是大海的意思。
小內說得很好笑：「……我還以為大嫂會一直懷孕下去耶！」
希望你平安長大。
那時候，叔叔就是故事之王了。

我看非常的未必——如果商業周刊做個統計，我很願意被回嗆。話說回來，就算大學念的東西跟你的職業息息相關，在你十八歲就得在志願卡上做出職業選擇的時候，嚴重誤判也是在所難免。

只是因為超喜歡算三角函數，就想填進數學系的人可曾少了？

擅長解化學反應式，就誤以為自己也喜歡做化學實驗的人可曾少了？

就因為生技聽起來很酷，滿心以為考進去就可以開始複製林志玲、或是製造透明光的蠢貨，又可曾少了？

再說萬年大熱門醫科吧，如果你的孩子沒那種腦袋你還掐著他重考，別說他終究還是考不上的局面，就算他真的當了醫生，但將來不幸在動腦部手術時打了個噴嚏，他第一個想到要扁的人，恐怕就是父母了。

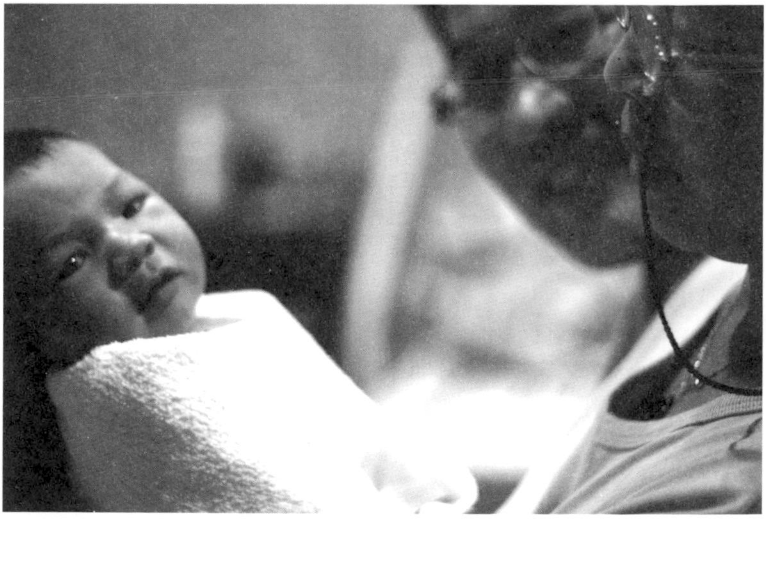

念什麼都有風險。

就算你了解自己，你也可能不了解系所。

了解系所，卻可能不夠了解自己。

常常你都得鍛鍊自己的「延展性」與「適應力」，那才是真正的競爭力，而不是一種「學歷／職業」上的保護傘。

父母在這種填卡關頭，還是少給壓力，多給支持的好，真正的期待該放在「讓孩子成為一個，在面對困境時擁有強壯心靈的人」吧！

職業作家的版稅公式

總是有人在我的留言板問我，他想以寫作當職業，眼下該如何進行。

南無阿彌陀佛，我不是張老師，也不是葉教授，不過我既然是寫作為生的男子漢，對怎麼折腰這袋五斗米很有感觸。

記得寫碩士論文時採訪過暢銷作家蔡智恆，我問他：「有沒有想過投稿文學獎，讓那些整天嗆你的純文學前輩知道你也是可以寫嚴肅文學，只是願不願意而已。」

蔡智恆沒有拐彎抹角告訴我文學沒有大眾嚴肅之別、只要是好作品就是好文學之類的屁話，他說：「我隨便寫一個短篇的版稅就比文學獎獎金還高好幾倍，我為什麼要花時間去投文學獎？」

他的回答贏得了我真誠的尊敬，也羨慕不已。

所以我打算用絕不放屁的態度，說說對把寫作當職業這件事的一系列看法。

首先，既然要把寫作當職業，而不是興趣，所以先算個換鈔公式給你看。

最差的狀況是，出版社只想支付你一筆固定的買斷「寫酬」，此後無論暢銷滯銷都與你無干。但進入版稅的世界也不見得舒適安泰，若一本書定價180，版稅率8%，首刷支付2,000本，三者相乘不過28,800元。有些黑心出版社甚至會在下一本書的版稅計算裡，先扣除你上一本沒有賣完的預付本數再結給你，極盡壓榨之能事。

或者你已不是新人，讓我們重新計算一次：一本書定價180，版稅率10%，首刷支付3,000本，可以有54,000元，這樣手頭看起來是不是寬裕多了？

讓我們丟掉計算機，閉上眼睛，此時你會想到什麼問題？

如果你想到的問題，是……「那什麼時候，我可以暢銷到首刷支付破萬本啊？」的話，你絕對是萬中選一的天才，對99%的作家來說，規劃自己從哪一本書開始大受歡迎，只比中樂透頭彩的難度還要低一點而已。

停止「作家=有錢人」的幻想，事實上根本完全相反。

我們無法用超能力控制暢銷的時間，也無法掐著出版社的脖子說：「老闆！我決定下一本書定價一百萬元！這樣我就賺死了哈哈哈！」或「老闆！我想了很久，決定要抽50%的版稅！因為……我值得！」

那怎麼辦？

真正的答案隱藏在公式之外……讓公式計算多次一點！

更切實際地說，就是：「你多久可以寫完一本書？」

上班族一天上八個小時的班，你也要有同樣的毅力，每天花等值的時間創作。也許你可以跑去花東海岸線汲取靈感，但最好在行囊裡塞好稿紙。也許你可以自由放假，但一天沒上工，稿紙一天就是白的，童叟無欺。

以寫作為業的不確定因素很多，但問題通常出在自己身上。

梭羅說：「光勤勞是不夠的，螞蟻也很勤勞。」

假定一本書八萬字，你得花三個月才能寫完，那麼你三個月的全部收入就是54,000（還沒扣稅呢）。寫作量大又穩定並不夠，殘忍地往下說，就算你一個月竟能神速寫一本書，一年可以寫十二本書，也得有出版社願意幫你通通出版，不然就只是佔硬碟空間的文字檔——這是最嚴肅的問題。

出版社不是收容所，沒有義務陪你一本又一本印善書試探市場。

如果你天天帶稿子去出版社門口靜坐，就像隔了三十條街的大嬸要出門買菜、卻把她家流鼻涕的小鬼丟給你暫時保管一樣。出版社很冤。

如果你寫作的速度跟政客兌現選舉支票一樣慢，加上沒有好心的出版社願意印刷，君不曾見，常有那種自費印了好幾百本書，在台北火車站附近逢人兜售的創作鬥士嗎？

生命總會找到出路，只是你未必能夠接受。

目前我們暫時得出「勤勞寫作」這個字的結論，下禮拜我們再繼續談。

▲柯魯咪每天都要帶我出去玩三次，有時候我走得太慢，她還會很不耐煩地拉著我走。她很好笑，每次都假惺惺要我拿塑膠袋裝我的大便，說這樣才不會路人說我沒家教，但通常都是她先忍不住拉出來。
我很喜歡蹲著看她大便的表情。

職業作家的中產幻境

半年前，某報記者採訪我時曾提及一個頗受歡迎、我也很喜歡的嚴肅文學作家。

記者說，他的版稅比起其他菁英同儕已是天價，但聽說還是過得有點哀愁。

我不信，問怎麼可能？

那記者想了想，說要用寫作滿足對中產階級生活的想像，真的非常困難。

一語道破。

世人常常對作家產生許多美好想像，然而作家在台灣，可能是想像中最接近中產階級、但事實上最偏離中產階級的族類。

有多少人支付得起天天去咖啡店報到、喝著拿鐵思考下一句話要怎麼寫才能打動人心的生活？一杯星巴克中杯熱拿鐵算一百塊，加一塊最便宜的蛋糕五十塊，乘以三十，就是四千五百塊，超過一個教師月薪的十分之一。你打算這麼分配你的收入？

寫稿，時間表面上很自由，但有誰可以常利用那些任意支配的時間異地旅行？當遊記的稿費根本不夠旅行的旅費時，就得嘗試在旅行的晚歇時刻寫點別的東西。

我出書量大，引起的想像也大。有人曾問我，出版社編輯是否會跟我討論小說劇情、幫我規劃下一本書應該寫什麼題材、幫我檢查角色對白，好像作家是被捧在掌心服侍的職業；殊不知，若編輯好膽干擾我寫作的內容，我會覺得自己受到侵犯而大怒！

不只旁觀者，很多作家自己也抱有相同的物質中產迷思，覺得生活中應該多點休閒、多點旅行、多點古靈精怪的朋友、多點物質品味，最好再交個氣質出眾美麗大方的女友（喂！有沒有這麼好啊！）。中產得理所當然。

其實……沒道理耶！

真的沒道理一個小學老師在黑板前呼吸粉筆灰八堂課，代價是一個月四萬塊的收入，街口賣麵大叔的所得以每天賣出幾碗麵計，開統聯的司機把蠻牛當水喝、每天要跑台北高雄好幾趟，而作家，卻在物質報酬上擁有先天的職業優勢、甚至擁有好名。沒道理，真沒道理。

繼續回窺職群內部，部分作家喜歡憂心忡忡地看待世界與文學的聯繫，這也是菁英階級的意識作祟：諸如認為現代人書讀得越來越少，普遍缺乏文學養分的滋潤，過著白天看盤、晚上看垃圾連續劇的生活，彷彿這些作家筆下的文學飽滿救贖的力量——讀了，精神生活就safe；不讀，你他媽的行屍走肉。

少來了。

我無法苟同，只要看見子女放學平安回家就會露出滿足笑容的家庭主婦，她們的精神生活將因不讀文學就兵敗如山倒。真正擁有擊碎當代空虛外殼力量的作家，未必活在中產階級的頻譜裡。揭露世界的真知灼見，也不見得就得由作家先生你提出吧……選舉旺季一到，計程車大叔的幹譙往往才是真理！

也許是在網路上看慣了很多很多網路小說家的日常起居模式，非常習慣大家都是一群平凡人的「普通模式」。家裡做生意的要幫忙顧店，不小心懷孕的開始為奶粉錢發愁，遇到考試就宣佈小說斷頭的學生作家一堆。沒什麼人有力氣在做什麼是純文學、什麼是大眾文學的路線辯論。

——大家都在等下一期的版稅支票。

當現實與幻境產生摩擦，寫作就會變成一種佈滿塵埃的負擔。

到底在留言板上問我當作家這條路是否可行的網友們，是憧憬著聞著咖啡香寫作的品味生活，還是，什麼？

引述自己在二〇〇五年寫過的書序：

帶給世界巨大影響的作家，必定誕生在人群之中，過著與所有人一樣的忙碌生活，踩著同樣搖搖欲墜的土地，偶爾感嘆前途茫茫，時而被女孩當笨蛋拋棄。然後靠著拙劣的本事，變強。

這是我抵抗菁英思維的信仰，效法上班族每天寫作是我的行動。

漫畫《二十世紀少年》說得好：「普通地活下去也很重要。」

▲我在鐵路中間種了一株草勉勵自己。
如果它都能堅強地在火車輪下一次又一次活了下來，且長得越來越好，那我也應該沒問題才是。
人生就是不停的戰鬥啊！

職業寫作的供需法則

這一系列起了頭，就寫沒完。

台灣人少，買書的人也少，沒辦法像大陸、日本那樣養出很多的專職作家。在大陸首刷一萬本是很基本的量，在台灣，首刷兩千本賣得掉就值得振奮。

聽過許多講法，上大學之後很多人都不再買虛構性的小說，而會轉買教你神速減肥、投資暴富、將笨小孩變成絕頂天才、如何當一個管理上億資產的好CEO等工具書，所以出版社要把虛構小說的庫存清掉，就得將眼睛放在高中女生、國中女生身上（國高中男生呢，他們則會把錢拿去買網路遊戲的點數卡或漫畫），這個「事實」也造成了幾年前網路愛情小說的盛行。

不過網路小說那面牆終究垮台了。

去年大暢銷的書幾乎都厚得要死，題材也跟愛情王道產生背離，貧賣的台灣類型小說家找不到理由栽贓給愛情小說壟斷了市場，也不能再說市場偏愛輕薄短小的消費性閱讀——醒醒，大家可是都越來越認真看書了！

其實，所謂的暢銷書法則往往只能從現象面去事後諸葛，又或者，能洞悉這些法則的都是少數菁英編輯，他們也許能發現好書在哪，決定該翻譯哪本國外大書，卻無法將這些法則的能量灌溉給旗下的本土作家。

我認為其中倒可見一個事實。

暢銷書越是集中在一、兩本「潮流性集體閱讀」的書上，對大部分的本土作家來說，都是一記記沉重的上鉤拳……讀者錢就那麼多，買了《達文西密碼》、《香水》跟《佐賀的超級阿嬤》後荷包就癟了。

不過要怪罪少數的暢銷書讓大多數不暢銷的作家陷入貧窮嗎？這種結論也不大對勁，不過通路書店對翻譯類書的青眼有加，也是不爭的事實。

又，就算作家嗅到了暢銷的方向，要起步往那裡走，姿勢也不一定好看。

一個學生讀者曾在校刊訪談時問我，什麼是魔幻小說、奇幻小說、科幻小說的定義，並要我各自舉例，分析哪一個題材在市場最受歡迎，然後她再籌備寫作的方向。

這大概是我聽過最無腦的問題，但仔細一想，好像也沒什麼大不了的。

若除魅作家的神祕性，將作家視為一種「職業」，有人燃起鬥志專門寫符應市

◀柯魯咪笑起來很美，超電的，但沒有小內美。
不過小內常常嫉妒柯魯咪比她還要白，真是夠了。

場熱度的作品，便很正常。

寫作原本就有延展性，而且最好有高度的延展性。

就如同一個程式設計師，如果認為寫java程式比較有前途、於是撇下原先的C語言興沖沖去寫java，差不多的道理。就算是平成怪物松坂大輔，據說每年都很勤勞鍛鍊一種新球路啊！球路越多越好，如果寫作的路子千變萬化有何不可？

君不見，現在便利商店躺了很多本49元的小開本恐怖小說，逐漸建立了靈異驚悚的熱銷路線，讓很多以前冷眼看待靈異題材的作家，像看見寶一樣跳入小開本的陣容？

反之，職業作家可以為了家計於題材上開疆闢土，也能為了自成山頭原地跳繩。

多的是一輩子只寫武俠的作家，滿櫃子都是終生離不開言情的作家，誓言除了純文學其餘類型碰了就髒手的作家，老是天天撞鬼的作家，除了火龍就是精靈的作

家。這類型的作家們嵌軌於特定題材的供給面，滿足讀者的需求。

沒有誰比誰好，只能說人各有志。

也許你看不習慣作家的延展性與供給性如此「商業化」，但也不必將「寫作是為了藝術、還是為了填飽肚子」，當作是劃分作家與寫手的準繩。

為了藝術而創作的東西有時很矯情、很爛，有時為了填飽肚子苦思出來的東西，可是超級經典……

只能說，作品的「重量」不是權力菁英說了算，而是將書捧在手中的你。

你說了算。

到底要如何成為職業作家？

討論了版稅支票、中產幻覺跟市場供需後，我們來尋找最後一擊。

寫作往往是不得不為的一種本能，很多作家恐怕都說不出個所以然。

把石頭丟給朱銘，下一次見到那石頭時已成了一個人像雕塑。

舒馬克搭計程車回家，上車後多半會直盯著時速表指針困惑不已。

下雨了，陳金鋒拿起雨傘的瞬間，說不定會下意識做出揮棒動作。

同理，寫作，那就寫作了，也沒什麼看著大海立定志向的畫面。

但想依靠寫作為生，甚至養老婆養小孩，大概得偶爾抽空看一下海。

我寫小說的經驗史非常幸運。

七年前我開始寫作時只是一個廢得要命的大學延畢生，其後考進研究所，了不起替自己付房租、付養魚的錢、付生活雜費，每三、四個月出一本書，偶爾有報紙雜誌願意收容我的短篇，我就活得很自在了。作品賣很爛，也不痛不癢。

但很多執著想以寫作營生的人不一樣。

或許有些人會辭去原先的工作專心寫作，如果過稿不順利，很可能會花很多精神苦惱正在進行的作品能不能出版，取悅編輯的心思大過於對暢銷的期待。為了確實領到酬勞，可以想見許多創作的樂趣在模擬、迎合編輯喜好的過程中，折衝抹煞不少。

能自由自在寫作的人，何其幸運。

這個世界運作的真實面貌，並沒有那麼討好，可以靠興趣維生的人一向少數。

多少以教書為最大樂趣的人，沒辦法考上正式教師就是沒辦法。

多少A片達人想靠精準預測砲擊時間維生，還是得另找出路。

（可以去當汁男的A片達人，畢竟很少很少吧……）

多少擅長寫程式，卻覺得寫程式很無聊的人駐守在科學園區。想出唱片的藝人這麼多，但大部分都只能聽唱片啊。

興趣，不見得要拿來當職業吧？

你可以上班賺錢，下班再經營自己的寫作興趣啊。

這就是真實人生。

◀這是我的官網：http://www.giddens.idv.tw，放了很多看看不用錢的故事。
感謝歷代站長；阿不思、daris、沒力客、米其屁，你們對我很好。
香吉士說：「每個人都有擅長跟不擅長的事。」
我難以想像沒有這些強者的付出，我的世界會怎麼樣。

你可以不接受，但別想把夢想栽贓到別人頭上。

漫畫家古谷實說過：「如果每個人的夢想都能實現，那不就天下大亂了？如果每個螃蟹卵都能孵化，不就整個海洋都是螃蟹！」

硬要把興趣當工作，就要有實際的作為。

我們討論過作家在台灣處境的艱難，用煉金術師「等價交換」的概念來看，當大家都在期待下班的心情中辛苦工作，而你卻一整天在高昂的興趣裡打轉，那麼拿的報酬少，也是很公平的事。因此寫作之餘必須兼差賺錢、或者根本讓兼差把寫作擠壓成副業，你也沒有比較可憐。大家都是這樣過活。

一些學校長年推行駐校作家的計畫，或者邀作家擔任寫作習作的講師，挹注了不少實質幫助。就連我，也想籌備創意寫作的實戰課，用強大的興趣養老啊！

鬱鬱不得志的預備作家，滿了好幾條街。

最多的情況是，常常有人堅信自己只是沒有遇到伯樂，卻沒有想過自己到底是不是千里馬。

即便你是千里馬，那麼，終生未遇伯樂的千里馬多的是。你並不寂寞。

所以問題回到最初。你為什麼寫作？

如果你喜歡暢快奔跑，縱使是未曾謀面伯樂的千里馬，那又如何？

那便跑吧。

即使只是放在網路上、放在硬碟裡、躺在稿紙上的創作，只要你真心以對，你的快樂便不是虛偽造作的。出版社可以不出書，老師可以改零分，但你的快樂已在過程中完竟了不是？

鄧小平說：「實踐，是檢驗真理的唯一標準。」

看我連續寫了好幾個禮拜探討職業作家的可能性，其實都是現象觀察與個人經驗談。你真是膽氣十足，我嚇不倒你的，就用豪爽的實踐，向你自己展現珍惜夢想的力量吧！

同情的邊界

前一陣子看了網路上的簡短影評，加上IMDB的高分確認，帶小內去看李奧納多的〈血鑽石〉，暗中希望小內從此對鑽石產生心理排斥。

電影很好看。內容大概是，非洲國家為了鑽石的開採權不斷發生血腥內戰、動輒屠殺千人萬人，而背後的元兇之一，就是為了獲得低價鑽石供應的西方知名廠商，而希望花三個月薪水買一顆鑽石求婚的諸位，同樣是慘劇幕後的共犯。

有幾句台詞精準地傳達了電影的意念：「發現鑽石的地方，就會發生災難。」「告訴那個白人，我們已經夠慘了，拜託不要在這裡發現石油。」「人們不會去買鑽石——如果他們知道付出的代價。」

電影中，曾經在Discovery頻道裡聽到的熟悉的非洲鼓聲，消失了，取而代之的，是搭搭搭響的機關槍與呼嘯砲擊。偌大的螢幕裡堆了成山的屍體，蒼蠅停在蒙著白膜的眼球上，倉皇，是非洲最醒目的語言。

鑽石不再是閃閃發光的奢侈品，而是購買子彈屠殺同胞用的原始本錢。

在影片結束後，字幕呼籲觀眾在購買鑽石時務必注意產地，不要讓自己成為衝突鑽石（conflict diamonds）的消費者，無心贊助了另一場遠在世界角落的戰爭。呼籲結束，工作人員的字幕例行公事般爬上大螢幕。

藉著以悲情為素材的好萊塢電影，我突然有種，想要為非洲做一點什麼的情懷。也許參加飢餓三十，也許捐錢到世界展望會，也許在blog上整理出一些關於衝突鑽石的連結給讀者網友看，什麼都好，就是該做些什麼，才不會辜負我看完這部電影的鬱悶。

走出電影院，牽著小內的手，晚風格外清爽。

「這樣，妳還會想買鑽石嗎？」

「我從來就沒說過我想啊。」

「那就是不想囉？」

「不想了。」

我吻了小內，開玩笑地說我的計謀成功，但心中不免悶悶。

也許不過是一部兩個小時的電影，有多少人會感傷超過走出電影院的兩個小時？電影裡，可憐的黑人難民問女記者：「這個新聞會讓全世界的人看見我們國家的問題，而來支援我們吧？」女記者回答：「你知道嗎？這個新聞可能只會出現15秒，在體育新聞和氣象播報的中間。」

真希望這僅僅是嘲諷用的台詞，偏偏真實到讓人沒有感覺。

我想起了另一部關於非洲黑暗面的電影，〈盧安達飯店〉。

膾炙人口的影評建立在無數同情的淚水上。內容同樣直指非洲某國循環不絕的內戰，大意是，為了防止對手將來的反撲，發動戰爭意味著清絕對方種族的大屠殺；男主角身為非洲某大飯店的黑人經理，他的血統是屠殺者的種族，他的妻子卻是必須被屠殺者的弱勢種族，無須糾葛，本著天性的良善與同理心，他開始在飯店收容大禍臨頭的弱勢族群。情勢緊迫，飯店外到處都是瘋狂的軍隊，隨時都會衝進見人就殺，唯一能救他們的，是國際社會以人道和平為名的介入。

但聯合國，幾乎對正在發生的種族大屠殺漠然無視。

裡面有一段對白堪稱經典。

飯店經理要所有黑人員工打電話給他們曾經服務過的白人雇主，他激動說明：「你們用懇切、從此再也不會再見面的語氣向他們道別，謝謝他們以前的照顧，然後沉默掛上電話——這就是我們活下去唯一的方法。」

果然，那些早已遠在西方國度喝下午茶的白人雇主們，因為抵抗不了這種生死離別的告白，紛紛致電向聯合國等權力機構施壓，要他們無論如何都得派足夠的維和部隊到飯店，保護他們的僕人抵達難民營。

與其說是正義感，不如說，是權力者的同情心讓營救行動付之實踐。

我想起了我到底在哭完〈盧安達飯店〉後，為那片黑色的土地做了些什麼？

▲從小我的跑步就超爛的。
超級爛的！
不過永遠別低估自己擺脫爛的潛力，我現在經常跑三千公尺，有時還會跑三千六，跑完真的是累得很有精神，集中力也更好了。
關於我長達二十八年的跑步痛苦史十句話以內就可以解決，但我怎麼幹掉那個認為跑步會縮短性命的自己、慢慢累積跑步的戰鬥力，鐵定可以寫滿五千字。
……那就以後再說吧。

沒有。

了解這個世界的陰暗面，了解某些人的痛苦困頓，如果僅僅只是了解，那麼了解究竟有什麼樣的意義？

我們對這個世界上真實存在的人性災難有所接觸，必定不同於牛頓三大運動定律、亞弗加厥假說，或安培右手定則那樣的知識性了解。

當我們發生了慘事，總是希望別人知道了能夠感同身受，一手捧淚，另一手毫無猶豫拉住我們。但事情的真相往往是，能夠對我們伸出援手的「其他人」永遠都保持一份「身為其他人」的距離。

常常我們得承認，自己就是一個內心火熱，但行動冷漠的人。

這份冷漠將我們劃界在麻煩之外，只是偶爾用模糊的淚水凝視麻煩裡的人。

引述德國基督教信義會牧師Martin Niemoeller的詩：

當納粹對付共產黨，我不發一言；因為我不是共產黨員。
當他們對付社會民主黨，我不發一語；因為我不是社會民主黨員。
當他們對付工會，我沒有抗議；因為我不是工會會員。
當他們對付猶太人，我沒有反對；因為我不是猶太人。
當他們對付我，已無人能為我仗義執言。

郭董！我在這裡！

最近幾年看過最棒的台灣電影，首推〈詭絲〉。

詭絲的導演與編劇是同一個人，蘇照彬，是我崇拜的奇才，在電影圈裡是人手拇指的大人物。話說我剛開始寫小說的那年，蘇照彬擔任編劇的〈運轉手之戀〉在交通大學連續免費公映了兩次，我也丟下寫到一半的小說跑去中正堂看了兩次，後來第四台每放一次，我就看一次，深深為其敘事的「豐沛」所著迷。蘇照彬之為交大學長，也讓我頭一次覺得念交大蠻屌的。

兩年後，蘇照彬又一部作品〈愛情靈藥〉上映了，那次我花錢贊助了國片，也同樣沒有失望。心底有個想法：沒有充裕資金下能做到最好的電影，不外就是蘇照彬趣味飽滿的劇本，或杜琪峰的簡單俐落（〈槍火〉，真是沉默分鏡的一絕）。

接著，蘇照彬獲得了國際商業資金的認同，連續拍了〈雙瞳〉與〈詭絲〉，強大的幸運，畢竟是留給持續跟牌的人。

回想當時詭絲一開拍，我身邊所有跟電影圈扯得上關係的人每次碰面，都會聊聊詭絲的諸多傳聞，例如詭絲背後的資金有多少百萬美金、錢都花在哪一部分的特效上、聽說誰曾偷偷看過詭絲的剪接片段、劇組流出的小道消息、原始結局據說有幾個版本等等。一般人可能沒什麼感覺，但在演藝圈內部，詭絲，可說是眾所期待的超級重兵器。

詭絲甫上映，我立刻就抓著小內跟阿和跑去戲院，出來後，大家都是一身冷汗與感動。雖然跟想像中有些落差，但我還是認為詭絲很棒，真棒，台灣電影界想要抬頭挺胸，是時候扛出這樣的商業電影了。

我有兩個感覺，第一是羨慕，如果我的小說也能擁有充分的資金改拍成電影，該有多好。第二，我相信，詭絲將打破台灣所有票房的紀錄。

但沒有。

詭絲的票房大不如預期。關於詭絲賠了多少錢，業界的傳聞同樣眾說紛紜，維持一貫的神祕。

我很疑惑，每逮到機會就問一些導演、製片，或是版權經紀，在他們的眼中，詭絲為什麼會失去票房？每個專家都有一套說詞，例如宣傳期不夠、同檔期有別的強片、結局交代不清、有些特效大概是錢最後花光了顯得粗製濫造。

也許都有道理，但對我來說，說不定「運氣不好」也是很大的因素。

常常，我們只能盡力，但客觀上的成功往往得由別人幫我們成就。當「別人」意味著「很多很多個別人」時，成功更顯得來不易。尤其是電影。

在台灣，大家對藝術電影的信心遠遠大於商業電影，藝術電影叫好不叫座是常態，卻至少贏得了地位（最弔詭的是，連從沒看過藝術電影的人一提到得獎大導的名字，照樣把拇指翹起來）。但商業電影如果賣不了錢，沒市場也沒地位（那還商業個屁），網路上一堆腦殘的冠詞就會將導演與演員的名字糗爛。

原本電影市場長期被好萊塢把持，台灣自製商業電影的資金常常到不了位，詭絲這一摔，大概更摔掉了很多金主的信心。

真的很不容易。

我曾參加過一部電影的編劇，劇本寫好了，酬勞也收得差不多，後面的製作風景卻遲遲沒有下落，無須抱怨，這實在稀鬆平常。又說我許多本小說的電影改編版權賣出去了，至今沒一部真的拍給我看，許多讀者問我究竟是怎麼回事，除

▲這兩位是拍攝關於網路文學與我的紀錄片「G大的實踐」的製作人（右）與導演（左），那部紀錄片很有節奏一點都不沉悶，在台中國美館跟台南全美戲院都公開播映過，場場大爆滿哩。

了抓頭傻笑我想不出別的應對方式。

不過這還不夠扯。

一年多前我跟一間電影發行公司攜手合作一部鬼片，老實說，故事真是恐怖到連真的鬼都會被嚇得再死一次。我大概每個月都要到台北開兩、三次會，從故事內容討論到行銷策略，連兩支預告的分鏡劇本都寫好了，正當一切就緒，電影公司倒了！

面對電影公司竟然倒閉這件事，我平靜地理所當然，甚至還很慶幸我的劇本還沒寫完，要不時間成本可就犧牲慘烈。

電影打造夢想，但背後的資金挹注問題比什麼都實際，現在好不容易有個富可敵國的郭董加入電影圈，號稱要拍一百部電影，真誠希望郭董的財力能夠幫助很多電影人實踐大家的夢想。

▲製作人叫大頭人，導演叫廖明毅，兩人都對拍電影有很勾芡的興趣，也申請到了輔導金，很有行動力，很酷，但是都一直沒有女朋友，我開始擔心他們最後會不會乾脆在一起。
台灣拍電影的風氣遠不如拍馬屁，希望他們堅持什麼的都太抽象了，就祝他們永遠都很享受這份夢想吧。

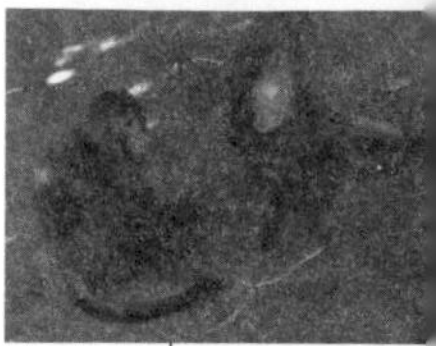

取綽號的破壞性藝術

今天為大家上一堂價值連城的，關於如何替別人取綽號的課。

從小就很愛替別人取綽號，因為被取綽號的人永遠也忘不了幫他取綽號的我，兩人友誼便能長長久久（你會忘記幫你取名字的爸爸嗎？）。此外，我觀察力強，總能洞悉朋友不為人知的人格特質，又富有詞藻涵養，一命名，周遭的朋友無不大為驚嘆。

……以上都是唬爛的，我之所以喜歡亂取別人綽號，只是為了惡搞對方！

高中是我取名最多的時期。有個不熟的同學叫高志鴻，某天正好生物課上到體內腺素，我根本無法克制叫他「睪固酮」的衝動，這一叫就是三年。

不過綽號要真會取，跟原本的名字未必要相關，反正不是取自己的綽號。有個很會寫書法又很木訥的同學叫吳青俊，我因為非常想叫他「無敵人」，所以就叫了他三年的無敵人（這跟他很會寫書法又很木訥一點關係也沒有）。

我這麼會取，跟我一起長大的幾個好朋友自然也分到了最酷的綽號，一個叫許博淳的，因為有不定時勃起的毛病被我賞名「勃起」；一個有看醫生習癖的叫賴彥翔，被我硬叫了「姑討」（跟看泌尿科毫無關係）；一個叫曹國勝的，被我叫「操林呆」。

有時取綽號是一種男子漢之間的對決，考驗彼此的忍受力。跟我一起追同一個女孩的廖英宏，他的姓是個不折不扣的動詞，所以我賜名「廖該邊」。他起先不是很爽，為了報復我，廖該邊開始叫我「吉普賽」，但我每次聽了都沒有應答，他也就無奈放棄了，但他可沒有擺脫「廖該邊」的金字招牌。

是的，說到重點了，取綽號要成功，一定要持之以恆地叫。就算當事人聽了不予理會，也要微笑以對，繼續拍他的肩膀嗅啊嗅，叫到周遭的人也跟著叫，一起叫上好幾年才算成功。至於當事人承不承認就不是我們討論的事，那並不重要。

到了大學，我還是念念不忘幫人取綽號的善行。我的室友首當其衝，分別領到「王一顆」、「石不舉」。不過經典之作首推一個胖胖又油油的同學，我第一次見到他就想叫他淫球。

於是我就叫了。

「嗨，淫球！」我在洗手。

「叫誰啊？」正在尿尿的他瞪大眼睛。

「叫你啊淫球！」

「……我有惹到你嗎？」

「沒啊淫球。」

淫球硬生生叫了一年，他對戴在頭上的綽號非常不滿。

唉，強摘的瓜不會甜，我也沒繼續為難他，還幫他提升了層次。

「嗨，Fucking Ball！」

「……喂，你有毛病啊？」

「沒啊，Fucking Ball！」

就這樣，Fucking Ball如影隨形，比沾上鞋底的口香糖還要難清理。

不過引發我寫這篇文的動機，是一個大學同學昨夜在我的網路留言板裡寫下這樣的句子：「……（前略）不得不說，能跟你大學念

◀後來我躺在地上愛地球的方式，不僅贏得無數少女的芳心，更在得猴界刮起一陣旋風，群猴競相效尤，真不愧是（1）芳心大悅（2）步步高昇（3）好酒沉甕底（4）兄弟情深……應該是（3）吧？！

同系又同班，還真是他X的驕傲！哈！對了，忘了說我是誰……我是罣丸人（以前我覺得很怪，看了你寫的東西之後，突然覺得這個名稱還蠻cool的，哈！）」

當時我看完愣了一下，因為我只記得我幫一個同學起名叫罣丸人，卻在多年後的此刻忘記得獎者是誰，趕緊回翻畢業紀念冊才大笑想起。

真的很有趣，我到處釘綽號之氾濫，到了我也記不清的程度，然而被釘綽號的仁兄卻念念不忘，頗令我感動。

好，我們要正經一點看待取綽號這件事了。

根據行政院去年度的統計，學生時期是綽號最密集的人生階段，細部分析之後，發現綽號為大便類的佔6%，生殖器類的佔4.5%，用小字開頭的佔24%（請不要再取這種沒創意的綽號了），不含「老大」的話、用老字開頭的佔18.2%，用阿字開頭的則佔20%，雙疊字如鬼鬼、彤彤的佔6.8%（建議幫男生取這種綽號，一路娘到底），用裝高尚的洋名取代綽號的佔18.4%（比例每年都穩定增加），無法分析的怪綽號則僅佔2.1%——非常具有發展空間！這也是中學生想像力的重要指標！

既然我已過了學生時期，且大家都很乖繳了五分鐘的閱讀費，我就教教我來不及使用的綽號新絕技，就是「跟本名毫無干係的另一個正經八百的名字」。此招破壞力極大，如果全班加導師聯手卯起來叫，包準那個同學會給你弄到瘋掉。

例如：

「嗨！張建群！」

「……不好意思，我叫王新華。」

「我知道啊張建群！」

「……」

又例如：

「三十五號，張建群。」導師手拿點名簿，看著講台底下。

沒人舉手，只有不知道該不該舉手的王新華。

「三十五號，張建群沒有來嗎？那麼就記曠課囉。」導師皺眉。

王新華呆呆地舉起手：「老師，我是三十五號，不過……我叫王新華。」

「喔，原來張建群有來啊，下次舉手舉快點。」導師滿意地闔上點名簿。

有德高望重的導師幫手，全班經年累月這樣叫下去，肯定令王新華同學神經錯亂，最後連自己也搞不清楚是怎麼回事，不自覺在考卷的姓名欄填上張建群三個字。

這件事惡搞到極致，就是在畢業紀念冊上把張建群三字鑲在王新華的照片底下，百分之百，是件令人拍案叫絕的綽號攻擊啊！

手賤的塗鴉文化

浦澤直樹改編自手塚治虫原作的漫畫《冥王》，故事設定在未來世界，機器人的外表與舉止跟人類越來越接近，幾乎到了讓人難以辨識的程度。

漫畫中有個聰明的機器警察，提出一個觀察自然人與機器人的方式：「人類會有很多無謂的小動作。」例如抓頭，摳指甲，搓手，咬嘴唇等，一些只有心理學家才會感興趣的下意識動作。

無聊不可怕，無聊時什麼也不能做，才教人心慌。

人打發無聊時所做的種種努力，大到教狗算數學，小到上課塗鴉。日本綜藝節目大概是全世界最能炒作無聊閒事的組織，之前針對中學生的課本做了地毯式調查，統計了中學生在課本上塗鴉的「創作形式」，幾乎都是拿課本上的偉人照片或圖片惡搞。

以數量計，第十名是在名人的額頭上寫「肉」字（格鬥筋肉人的影響啊！換在台灣，大概會變成王字）。

第九名是畫皺紋。

第八名是在圖畫旁畫「亂入的第三人」（例如畫一堆野人朝名人的屁股射箭）。

第七名是畫圈圈酒渦。

第六名是畫流鼻血（堪稱是最簡單快速的創作，連乖乖牌女生都很容易上手）。

第五名是畫粗眉毛。

第四名是惡搞頭髮。

第三名是畫墨鏡。

第二名是畫鬍子。

奪冠的，則是在偉人的嘴角畫對話框，說點搞笑的對白。

在youTube裡輸入關鍵字「教科書」就能找到我說的資料。附帶一提，第三十名是畫大便，第二十五名是在偉人的額頭或太陽穴上插箭。

小時候很愛畫畫，下課時如果大家不是玩我喜歡的躲避球或紅綠燈，我就會在桌上攤開一張計算紙，先在中間畫一條河或一條線，然後在兩邊畫上正義機器人與怪獸集團；畫好大概要花十分鐘的下課時間，跟一點點偷來的上課時間。最後在第二節下課——整整有二十分鐘，讓我盡興大戰。

每當我決定開戰，就會有很多同學擠在旁邊觀看，並個別認養其中的正義機器人（而我當然是挑主角）跟怪獸軍團對戰。同學會幫忙出點子，提供凌辱怪獸的方法。如果他們認養的機器人太早被怪獸幹掉，他們還會很不高興。

這麼愛畫畫，課本跟參考書當然也逃不過。論惡搞，我最常畫的是偉人七孔流血，外加亂刀破壞的傷疤。不過最常做的，還是在字裡行間畫幾張怪物的臉。

塗鴉本來就是無聊至極的即興動作，就像明明有衛生紙，卻還是忍不住將剛挖出來的鼻屎偷偷黏在座位底下或鄰座同學的鉛筆盒上，沒什麼惡意可言。

不過對媽媽來說，污辱課本可是絕對無法忍受的事。

媽媽會把白色圖畫紙量好、裁剪成一小塊一小塊，花整個晚上的時間黏貼在課本跟參考書的塗鴉上。不厭其煩到讓我覺得很對不起媽媽，媽平常顧店已經夠累了，還要剪紙封印我的塗鴉。

「媽，不要再貼了啦，反正我還是會忍不住畫啊。」

「你這樣亂畫，老師會覺得你沒有認真上課。」

「上課再怎麼專心，還是會忍不住畫啊，而且，有很多都不是上課的時候畫的，是平常無聊就會畫上去的啊。」

「田田，你這個毛病什麼時候會改？」

「媽，不要剪了啦！」

「你什麼時候改，我就什麼時候不剪。」

有時候媽會檢查我的課本，看看有沒有新的塗鴉跑出來，跟我斤斤計較。每次媽剪紙貼完我的塗鴉，我的課本就會厚上許多，有種膠水過剩的溼潤感，同學看見我媽的創作，往往笑到肚子痛，讓我很幹。

有幾次媽乾脆跟我約法三章，如果我真的控制不了手賤，就拿出空白計算紙畫畫吧，不要玷污神聖的課本。

但這完全是強人所難。

塗鴉哪有這麼刻意的，常常靈感一來就幹了，想太多可不行。

於是媽補釘課本的舉動一直持續到國中二年級都沒有停過，當時只覺得我媽未免也太閒。現在回想起來，簡直很恐怖啊！

▲魯夫跟騙人布都說，爆炸頭很有魄力。
——果然沒錯！
一戴上爆炸頭，我超想跟鷹村挑一場的！

壞掉的門鈴

電影〈至尊無上〉裡的經典對白：「有件事是你們有錢人一輩子都不會懂的，那就是——義氣！」

也許吧。不過有錢人大概不會懂的事還有一件，那就是打工。

大學時期交了女友後，為了積攢約會經費做了很多千奇百怪的零工；最辛苦的，肯定是在清大夜市裡洗碗。

那是間生意很好的便當店兼麵店，平常除了要幫忙跑銀行換零錢、裝菜、送餐、清理桌子外，快速洗碗是重頭戲。半個人高的餿水桶就放在洗碗槽旁邊，臭得要命不說，更恐怖的是臭得五味雜陳！我每次都憋氣憋得很辛苦，真想呼吸時就拉開衣領往充滿汗臭的身體狠狠一吸（好歹是我自己的臭），然後繼續奮戰。

不是輕視勞力服務業，但忙進忙出的工作節奏對我來說真的很無聊，久了很容易精神渙散，呵欠連連，幾個小時下來，就只有一百個累字堪可形容。

每晚忙到沖水洗刷地板、倒完可以折斷手臂重量的垃圾後已是半夜兩點，這才大功告成。

那時還沒開始寫小說，所幸我窮極無聊，在腦海裡構思一部史詩長度的武俠小說，男主角用的是雙劍，左手劍快速絕倫，右手劍卻是胡亂甩弄，去勢連他自己也不大清楚——所以敵人也拿這種怪劍沒轍。總之，洗碗打工時全賴那個個性有問題的雙劍客在腦子裡馳騁江湖，用想像力支撐我的疲倦。

人在衰時，剛大完便拉上褲子時也會突然噴出一塊。

後來房東調漲店租，便當店老闆一個不爽，竟一夜消失，留下滿屋子的碗筷。我每天傻傻騎機車到店門口報到，想說怎麼今天又放假啦？然後喜孜孜回去念書看漫畫。

一直等到兩個禮拜過去都不見老闆回來開店，我才驚覺自己是個受害者。

怎麼辦？

老闆積欠了我上萬塊的打工費，那可是我這輩子最辛苦掙得的血汗錢啊！難道要我沒收滿屋子的碗筷當作薪資嗎！我越想越不甘心，突然想起有天晚上曾幫老闆把一個重得要命的大理石佛像，從店裡坐計程車抬到他家。

我冷靜下來，循著記憶反覆推敲，終於找到了老闆住處。

我站在門口，聽見老闆一家人在裡頭喧譁歡笑的聲音，但我一按門鈴，裡頭所有的聲音都神奇地消失。我在門口徘徊多時，就是等不到開門，把門鈴當計算機猛按，裡頭還是靜得只有鬼住。

我滿肚子的幹幹幹，確信我是被惡意「拖欠」薪資了——還有天理嗎？

你們難道忘記我是多麼值得讚賞的好員工嗎？

難道忘記我再累，都會陪你們的小孩子玩嗎？

戰鬥了。

接下來連續幾個晚上，我都坐在老闆家公寓樓下門口守株待兔、一邊念管理學準備考試，用最文明的方式等待老闆給個交代。

忘記是第幾個晚上，我終於在凌晨五點多等到老闆壓低著帽子走出來。

一看到我，老闆驚得臉色扭曲：「你怎麼在這裡？」

我忍住施展關節技的衝動，淡淡道：「老闆，你、忘、了、給、我、錢、了！」

「這麼一大早的，我也沒錢給你，哎呀你怎麼不打電話給我就好？」

「我哪有你的電話啊，按了很久的門鈴你也不開門。」

「哎呀，我家的門鈴壞掉了，真是對不起啊……不然你下個禮拜再來好了？」

下禮拜？

我實在怕他再消失一次，於是每晚都抱著書在他家樓下念，念到終於得到我應得的那份為止。那天，果然是下禮拜。

那些年為了零用錢在勞力底層打工，倒沒產生「我好好用功讀書上進，以後才不會過苦日子。」的知識份子優越感，而是一種更根本的「體察心意」。

不僅是了解，而是真正領會底層服務業的辛苦，以及感受芸芸眾生百態。

有了在夜市洗碗的經驗，我永遠都會記得跟服務生說謝謝，對端錯的菜也不曾大發牢騷。

這是很重要的收穫。

▲那天我們投宿在日本琵琶湖湖邊一間非常高檔的飯店，約好一早起床泡溫泉看日出，結果只有阿和跟我勉強爬起來，邊泡溫泉邊看日出，非常難忘的經驗。
後來回到房間想取笑該邊錯過美景時，只見該邊睡眼惺忪拿著相機，說他後來其實很努力爬起來了，還用心拍下他並沒有錯過人間美景的證據。
唉，那你幹嘛不衝到溫泉跟我們會合啊？

翻滾吧！青蛙！

打開報紙，常看見教學要越來越活潑多元的主張，我就覺得一陣好險。

這是我自己的問題。

小時候我蠻喜歡死讀書的，因為讀書一點都不好玩，可能的話我想趕快解決課本跟參考書，然後打開抽屜拿起計算紙連載我的漫畫，在這種心態下，死讀書比活讀書還要省時間！

每遇到需要自己動手做實驗、做記錄的作業，我就覺得很煩，例如要每天晚上觀察月亮的盈虧，並畫在自然習作上，我覺得真是蠢斃了——有誰事先不知道答案的嗎？每天我都必須壓抑一口氣畫完十幾天月亮盈虧的衝動，常常我根本就沒有出門，在房間裡就畫好了事。

但偶爾也有突槌的時候。

「26號，站起來。」

「嗯。」

「嗯什麼，你昨天晚上有沒有好好記錄月亮？」

「有。」

「你有沒有說謊？」

「沒有。」

「那你告訴其他同學，你昨天晚上畫的月亮長什麼樣子？」

我打開剛剛發回的習作，面紅耳赤地向周遭展示了我的記錄，大家笑了起來。

我發窘，訝異自己怎麼會被拆穿。

「38號，告訴26號為什麼他根本沒有好好記錄。」老師冷笑。

「報告老師，昨天下雨，根本不會有月亮。」知書達禮的38號站了起來。

王八蛋，原來是這麼回事。

後來我的觀月記錄常常沒有出現月亮，只畫了一朵烏雲。

既然沒有規定我一定得看到月亮，我也可以只看到滿天黑雲。

說來諷刺，我的好奇心都放在外星人跟古文明跟靈異事件的書上，而不是要實際動手研究，我崇拜愛迪生的好腦筋，卻沒興趣將手邊的鎢絲通電。琳琅滿目的自然課總是困擾我，用尺記錄綠豆的生長速度我更覺得無聊；觀察蠶的生長週期我也覺得很古怪（養蠶的課與其說是教授何謂生命，不如說，是讓大家上了一堂集體親手毀滅生命的課）；把兩個養樂多空瓶用棉線在底部黏起來，隔著老遠講話——這麼簡單的器材製作，我都感到欲振乏力。

尤其是老師要學生帶一大堆東西去學校「展寶」的分享課，簡直要了我的命。

記得二年級有堂自然課要觀察小動物，老師要我們從家裡帶一樣寵物到學校，作為分組觀察的標的。

問題是，老師根本不理會不是每戶人家都有養寵物這麼簡單的道理，但為了避免所有人都不帶寵物，於是硬性規定沒有寵物的人——最好的解決辦法，就是趁現在養一隻！

那時候我是個很怕惹老師的孬種，老師宣佈要帶寵物的那個禮拜，我每天都過得膽戰心驚。一直到實驗課當天早上，我還沒辦法下定決心騙老師說：「報告老師，我們家養的貓前天正好逃家了，這也是沒有辦法的事。」

幸好那時上的是下午班，我還有一個早上可以跟媽媽商量。

我陪媽媽去菜市場買菜，媽媽跟小販買仙草的時候，我終於鼓起勇氣開口。

「媽，老師要我們帶寵物去學校。」

「喔，今天嗎？」

「嗯，可是我們家沒有寵物。」

「那你就跟老師說，我們家沒有養寵物就好了啊。」

「我怕被老師罵。」

「好吧，那我們去挑一下寵物。」

媽媽這麼乾脆，讓我喜出望外。

我們在菜市場研究有什麼東西可以買。我想買文鳥，但媽媽說那樣還要買鳥籠，太花錢了。我想買小狗，但媽媽說只是一堂自然課，沒有到養狗的程度。

最後，我們挑了一隻青蛙。

小販用紅色的環帶綁上透明塑膠袋，放一隻胖大青蛙在水裡頭沉思。

我有點傻眼，搞不懂這樣搞真的可以交差嗎……不過媽媽肯這樣亂買一隻食用青蛙伴作我們家的寵物，想來老師打電話到家裡，媽也會幫我圓謊吧？

一想到這裡，我就安心了。

回到家，怕青蛙悶死，媽媽將青蛙放在注滿水的浴缸裡，然後就去隔壁的廚房做菜。我趴在浴缸旁，開心地看著我生平第一個的寵物——自然課結束後，我得想個好好養牠的方法。

此時，青蛙突然跳出浴缸。

一跳，又跳，最後跳出浴室的窗子，跳到屋子的天井。

完全不見蹤影了。

「媽，青蛙跳走了！」我慘叫。

「唉，那也沒辦法啊，來不及再去買一隻了。」媽也很無奈。

下午的自然課，除了一顆惴惴不安的心，我什麼也沒帶。

但我很快就放心了，因為絕大多數的同學都兩手空空，搞得老師非常暴躁，無暇針對我。

後來老師不苟言笑地煮了一條由某個同學帶去的、自稱是寵物的吳郭魚，每個人都分到了一小碗魚湯。

真的很怪。

▲小時候常去八卦山玩，每次都爬得滿身大汗，很想在山腳下的文化中心投飲料，尤其是那種先掉下一個紙杯、再噴出碎冰跟飲料的那種最迷人了。
但爸媽總是說喝飲料不好，要我們走回家再慢慢喝溫開水止渴，讓我很喪氣。
長大後我才知道，養小孩真不容易，什麼花費都要乘以三……

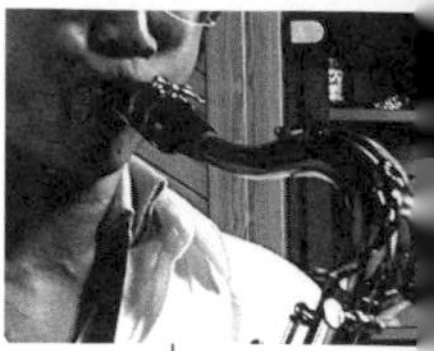

創作團體單飛

這不是一篇影評，只是我看完電影後的冥想。

八項奧斯卡金像獎提名的〈夢幻女郎Dreamgirls〉，由傑米福克斯、碧昂絲、艾迪墨菲主演。故事敘述在美國底特律一組沒沒無聞的女聲三重唱，在一場表演中被一個汽車銷售員寇提斯發掘，推薦擔任當紅黑人歌星霹靂厄利的合音天使，開始閃亮的歌唱生涯。

不久後，全新的音樂時代來臨，寇提斯決定讓三位合音天使脫離霹靂厄利單飛，重組一個叫「夢幻女郎」的女子歌唱團體。

但寇提斯有個條件——基於更大的市場，這個新團體必須由最漂亮的蒂娜擔綱主唱，而歌唱技巧無懈可擊的艾菲則繼續擔任合音之一。為了把握成名的機會，三個從小一起長大的女孩答應了，但隨著大眾對蒂娜天使臉孔的喜愛，夢幻女郎廣受歡迎的程度甚至凌駕披頭四，而團體名稱也悄悄變成「蒂娜與她的夢幻女郎」。

可以想見，艾菲在情緒問題下用歌聲展開抗議，最後遭排擠，被踢出了團體。

後面當然還有劇情，不過我只說宣傳單上就看得到的部分。

剛看完夢幻女郎，開車送小內回宿舍時頗有感觸。

我想起去年三月到大陸宣傳《樓下的房客》時，在北京曾有記者問我：「請問你是九把刀團體裡，最擅長驚悚題材的一員麼？」

我嚇了一跳，說：「九把刀團體是什麼鬼？」

記者訝然：「九把刀不是由九個人一起組成的寫作團隊麼？你們不是一個人負責一種題材麼？不然怎麼會有那麼多種小說出版？」

聽到這三連問，我怪笑：「哪是！九把刀只是我的綽號兼筆名啦！」

「合寫形式的創作團體」對我、對很多作家來說，應該都是非常不可思議的名詞。

我可以想像一群作家採用同一個題目，接著分頭創作、彼此競技賞玩的樂趣，但絕對無法想像有一篇文章、一個故事，是由很多人混在裡頭合體寫好的。

偶爾玩玩接龍調興一下也就是了，但總的來說，一篇小說，理所當然要由同一個人獨力完成的，才有理所當然的驕傲吧？

但，假使由許多高手通力合作，篤定能完成一部更棒的作品，而我卻很抗拒團體合作，是不是可以說，我寫作的目的不是為了創作出好作品，而是——為了追尋更結實的自我獨特性？

「小內，如果今天我是一個小說創作團體的一員，而隊長是一個超帥的作家……假設叫金城武好了（金城武對不起，名字借用一下）。團體名稱很機車，就叫〈金城武與他的創作夥伴們〉，除了金城武以外都是縮小的字體，成員每天都要寫稿子讓金城武潤飾，然後掛他的名字主打，我也不例外。」我開車。

「那你們受歡迎嗎？」小內看著我。

「市場反應非常好，雖然我不是隊長但也分到很多版稅，日子過得很好。」

「然後呢？」

「但熟知內情的人都知道我其實才是真正厲害的作家，而金城武只是為了獲得更大的少女市場，被出版社捧出來的一個頭頭。」我想了想：「如果我很滿足分到很多版稅的生活，妳會鼓勵我單飛嗎？」

「不會。如果你很快樂，我不會說什麼。」

「那妳會替我抱不平嗎？」

「會，因為其實都是你厲害。」

「假設不只是我厲害而已。我在想，如果那個創作團體裡也包括侯文詠、駱以軍跟張大春，我每天看到這些很厲害的人都很安分替金城武寫各式各樣很酷的文章，然後很滿足領很肥的版稅……說不定我會覺得，那我憑什麼與眾不同？」

「以你的個性一定會很不開心的。」

「沒錯。」我嘆氣：「但如果我脫離很賺錢的團體，自己一個人從頭開始當九把刀，版稅還是從很瘦的兩千本算起，妳會贊成嗎？」

「我會贊成啊，因為你想要快樂。」

「可是我在創作團體裡寫小說也是寫小說，用自己的名字寫小說也是寫小說，那我為什麼硬要單飛出來寫？如果我只是喜歡寫小說，又何必在意掛誰的名字，在意外面給的虛榮呢？」

「你講得很誇張。反正，那樣才是你自己啊。」小內說。

幸好，那只是一場假想的惡夢。我不必醒來就能掙脫。

我想，人很難藉由複雜的事物去組合一個完整，因為那個「完整」一開始就是碎裂的，慢慢比對、拼湊、硬黏上去的，終究掩飾不了那斑駁的接痕。

不管是熱衷做自己喜歡做的事，還是附帶著追尋讓才能被認同的感覺，事物很難有純粹，自我也是。

但不純粹也可以很完整，人還是不要加入太多的佐料到深深喜歡的食物上。

……也許聞起來很豐富，但也品嚐不到那股本質上的滋味了。

不是滋味的滋味

上禮拜說得不夠，繼續陷入電影〈夢幻女郎Dreamgirls〉的異想泥沼。

電影裡有一幕。某日，曾經是夢幻女郎的主唱大人、紅極一時的霹靂厄利與朋友聊天時，一轉頭，看見電視上的夢幻女郎已經被拿來與披頭四相提並論，聲勢遠遠超過自己的時候，他默不作聲，悶悶地切起桌上的白粉。

霹靂厄利並非不想祝福鵬程萬里的夢幻女郎，畢竟他是個善良的人，何況夢幻女郎團體裡還有一個他的外遇女友。但霹靂厄利看到原本擔任他的合音天使的女孩們躍上枝頭當鳳凰，自己卻還在原地打轉，難免有落寞之感。

這種看到他人蒸蒸日上反生出來的落寞，解釋成「嫉妒」，這兩字有點用得太重；但用「不是滋味」，就恰當多了。

電影裡還有一幕不是滋味。

看著霹靂厄利長大的老經紀人眼見後輩寇提斯，用他無法跟上的節奏與方式，幫霹靂厄利打進白人一手掌控的暢銷排行榜，並安排當紅的霹靂厄利到白人俱樂部裡試唱。老經紀人想要捍衛他保守的經營方式，與自尊，卻看到霹靂厄利在寇提斯種種大膽的安排下越來越暢銷，躋身主流音樂的市場……他根本毫無反擊的籌碼。

「別這樣，我們可以一起幫助霹靂厄利！」寇提斯自信滿滿地張開雙臂。

「我們？你是說，我們？」老經紀人冷眼。

「是的，我們。」寇提斯微笑，亟欲擁抱。

沒有說法，只剩情緒的老經紀人憤慨地說：「你要的話，那就給你吧！」

其實老經紀人也很善良，從小看著霹靂厄利長大的他，又何嘗不希望霹靂厄利能攀上巔峰？但他的聲音在旗下歌手越來越紅的步伐裡，越來越不受重視，除了開始敵視比他更有能力的年輕經紀人，他幾乎失去言語的能力……不是滋味。

不是滋味是很普遍的情緒。

當這種情緒出現的時候，就是自尊心遭遇挑戰的警示燈。而自尊心通常紮營在哪？通常重兵駐守在人家稱許你的地盤，駐守在你最驕傲的強項。

很多人都讚我很年輕就寫了三十八本書，創作力驚人。我都會說：「其實我已經二十九歲了，也持續不輟寫了七年，說我勤勞就很夠意思了。」

但，如果有一個區區十二歲的小作家，出道的第一本書就大受歡迎，人人都冠以「天才作家」或「百年一見的神童」。那麼，我會不會翻著他的新書，酸酸地說：「是很不錯，但只是十二歲能達到的最好程度，要說是好作品，大家不過是被他的低齡給虛晃了。」

不是滋味。

有更多人很訝異我曾經連續十四個月連續出了十四本書，比高鐵還快。我都會說：「每個人的寫作體質都不一樣，我本來就是寫得越快作品越好的典型，寫太慢表示那天狀態不好。」

但，如果有一個作家每天固定寫一萬字，每兩個禮拜就出一本書，連續十四個月出了二十八本書。那麼，我會不會用一些冷淡的話術去評論他？例如：「比較像牙膏，一擠就出來，並且品質保證，當然是牙膏的品質。」我甚至不需要去翻它一下，就可以脫口說出我很厭惡的、曾套在我頭上的屁話：「那麼快，肯定是粗製濫造的廉價文學。」

不是滋味。

每次辦簽書會都有很多讀者到場，常常從下午一點半簽到晚上十點，比馬拉松還要馬拉松。我一直很感激那些願意到場給我鼓勵的人。

▶小內是一個非常喜歡抱抱的女孩。
好吧，那我也沒辦法啦⋯⋯反正我也很喜歡抱抱。
我每個月都會在ELLE雜誌寫一篇關於小內的專欄，
那是我最快樂的稿債。

但，如果某天我的讀者少了，簽書會只剩下十幾個老朋友面孔，當我某天黃昏牽著狗，看到新的人氣作家在巷口書店舉辦簽書會，排隊的人潮繞了書店整整三圈時，我會不會說：「比起寒暄拍照的簽書會，我覺得安安靜靜寫作，低調才是王道。」或甚至說：「簽書會實在是太商業了，不適合我。」

不是滋味。

我是一個非常痛恨作品被抄襲的人（有誰很喜歡辛苦創作出來的東西被抄襲嗎？），每次遇到作品的抄襲品被拿去得獎，或是作品被抄襲成為另一本商業出版品時，我都會採取霹靂雷霆的行動。

但，如果某天我不欣賞的作家的作品被抄襲，而他怒不可遏地採取法律行動時，我會不會冷冷丟下一句：「那種比吐出來的東西還要爛的小說，也有人要抄？」或採取更高規格的姿態，拈花微笑道：「何必把心神花在保護作品的創意權利上，努力創作出更好的作品才是真正有意義的事。」

不是滋味，常常不是滋味。

教劍的老師父看見青出於藍的徒弟，不免生出驕傲之感。但若青出於藍的徒弟少了聲：「是我師父教得好。」白了鬍子的老師父，恐怕也有點不是滋味。

同時期踏步江湖的師兄弟，當其中一人捷足先登斬下武林魔頭的腦袋時，或可聽到一堆不是滋味：「他自創的劍法大走偏鋒，趁著魔頭一時驚訝才能得勝，說他俠，不過是勇敢。」或「他的劍法普通至極，若非他對敵時勢若瘋虎，根本不能得逞。」或「他再強不過是一時之強，他的劍法走得太獨，還是少林與武當的劍法方為正宗。」或「聽說那大魔頭被幹掉那天早上，正好吃壞了肚子。」或「據說他吃了千年何首烏，劍上方有那般驚人內力，說到底，不過是好狗運罷了。」

但更可能的是，悶在肚子裡什麼都不說，反淡淡地稱讚師弟的劍法果然了得。面對不是滋味，再三反省「這種情緒所為何來？」，不過是空洞的自我療傷。做給別人看的療傷，都是一些惺惺作態。當別人轉過身，你便忍不住撬開好不容易結痂的傷口……因為不痛，實在無法感覺到自己的驕傲長在哪裡。

然後人會變得很扭曲。

我沒有什麼高見，只有一個低見：越快樂的人，越少不是滋味。

而最好，那些快樂不僅僅來自於你的驕傲之境，而是其他的很多很多，例如你的狗終於學會在屋外尿尿，你的收藏又多了一套公仔，你的愛人剛剛傳了一封淋上蜂蜜的簡訊給你，你熬夜組完的汽車模型大家都說很炫，聽說《刃牙》又出了新的一集，期待已久的電影終於要上檔了……

越豐富的快樂，或許可以讓人擁有更大的器量吧！

四架飛機——阿拉伯的逆襲！

看電影長知識不稀奇，看電影想事情更值回票價。

熱血暴力的〈三百壯士，斯巴達的逆襲〉，故事改編自西元前四百八十年波斯入侵希臘，斯巴達國王李奧尼達率領三百精兵在溫泉關的隘口抵擋波斯帝國的百萬大軍長達三天，狂宰兩萬波斯武士，最終壯烈戰死的史實。

影片很好看，毫不扭捏迴避的暴力戰鬥，飆血的頭顱在空中飛來晃去，琳琅滿目的斷肢殘骸塞爆了螢幕，完全命中我的喜好。我最喜歡的對白場景是，當波斯使者拎著整串拒降者的死人頭，要求斯巴達國王獻上清水與泥土，簡單象徵順服波斯王以換取和平時，被斯巴達國王斷然拒絕。使者在死前愕然說：「天啊……這實在是太瘋狂了！」而斯巴達國王像是鼠蹊部被踢了一腳的表情大吼：「這就是斯巴達！」

注意，是斯巴達，不是撒隆巴斯。撒隆巴斯很涼，而斯巴達很熱血。

不過斯巴達國王口口聲聲要捍衛的自由民主，聲嘶力竭的模樣固然豪邁，但可笑的是，希臘城邦所謂的自由民主是高階級者獨享，建立在極度剝削奴隸的制度上，這種爛鳥民主說要捍衛，不過是捍衛既得利益者的傲慢。

話說，波斯一詞在一九三五年後才改稱伊朗，自古波斯帝國涵蓋了大部分阿拉伯地區，有了這樣歷史地理性的認識，再去看這部熱血電影，難免會覺得在意識形態上出了點毛病。

電影裡的波斯大軍，裡頭多的是畸形人力士、面目可憎的屠夫、面容被毀的鐵面戰士群、騎著魔獸化大象與恐龍化犀牛的東方蠻族，總之沒一個看起來正常……很顯然，阿拉伯的軍隊形象完全被污名化。

反觀以理性自居的西方文明搖籃希臘，軍隊裡每個人都是帥氣的兄貴，六塊腹肌稜角分明，眉宇間在捍衛家園的理念下散發出不可輕辱的霸氣，真的是「為了光榮而戰鬥」。

這一對比，西方世界與東方世界，正是現

▲我們這群從小一起追同一個女生的小屁孩（……），每次過年都會在阿和家猛打好幾天麻將，後來演變成每個週末都想用打麻將聚會。
去年過年我們搞了一個2007麻將俠大賽，八個人打到半夜才分出勝負。

在美國強權對阿拉伯世界的寫照。不，應該說是，這正是現在的美國強權，試圖讓人對阿拉伯世界產生刻板化「非文明」的成果之一。

諷刺的是，電影所呈現的不公義，倒翻過來看，才是當今世界的現在進行式。

長期，美國以極不對稱的浩蕩大軍，將自己的貪婪傾瀉在阿拉伯世界，向信奉可蘭經的國度強迫推銷他們驕傲的民主自由，順手笑納幾億桶石油回去。

▲我因為謙虛得了亞軍，愛murmur的許志彰手賤害大家也害自己只得了第三。
冠軍是誰我不想提。

再者，於電影裡，波斯大軍在發動短兵相接的攻勢前，先狂射了幾乎遮蔽天空的羽箭，令斯巴達的三百戰士舉起盾牌蹲在地上防禦，揶揄道：「這正是敵人怯懦的證明。」……但這種先遠遠射得你抬不起頭、再開進大軍的招式，跟美國人先用戰斧飛彈與精靈飛彈無差別毀掉半座巴格達城，再小心翼翼挺進陸戰隊的做法，如出一轍。

以寡擊眾的戰役最讓人印象深刻，也最有悲壯豪情的渲染力，比數越懸殊越有魅力，數字成了一場紀念遊戲。中國近代歷史上就有太原五百完人，死守四行倉庫的八百壯士，黃花崗七十二烈士，斯巴達以三百壯士螳臂擋車波斯百萬大軍，真的很酷。

但在當今世界裡，扮演弱小一方的卻是阿拉伯世界的游擊兵，而基督教文明則老是操作著魔獸般的航空母艦，用民主兩字挑釁著對方的生活方式。

阿拉伯世界的死力抵抗衍生出種種讓世人唾棄的暴行，例如蓋達組織沒品地綁架四架民航飛機，一架衝撞失敗（後來拍成電影〈聯航93〉）、一架撞上五角大廈、兩架衝掉雙子星商業大樓，震驚全世界，從此大家要上飛機就生出一堆麻煩事。

我說，那些激進武裝份子跳過難以對抗的美國軍隊，去襲擊平民老百姓固然令人難以苟同（或許在他們的眼中，以強大經濟力量支撐美國軍隊的、西裝革履的西方中產階級，都是侵略回教世界的共犯結構），但在電影〈三百壯士〉的敘事邏輯裡，這也是那些基本教義派份子困獸之鬥般的、以寡敵眾的悲慘逆襲……

而這樣的逆襲，在現在的報紙裡有個專有名詞。

——我們叫它「恐怖主義」。

毀掉作家的三句話

漫畫《火鳳燎原》裡，水鏡先生的士氣論說：「貶敵抬己，其法有三。敵將初勝者，貶己將魯莽。敵將多勝者，貶己軍軍師擇地失當，氣候選擇錯誤。敵將常勝者——貶敵將有勇無謀！」

就這樣，作者陳某重新演繹三國歷史的說法，為一向被識「有勇無謀」的第一猛將呂布，做了拍案叫絕的平反。

本來嘛，能在名將如雲的亂世裡獨稱第一，進出千軍萬馬如入無人之境的呂布，在聰明才智上必有過人之處，若否，焉能扛下「人之呂布，馬中赤兔」這塊金字招牌？

只因呂布殺義父丁原、殺義父董卓、性格反覆無常致使世人評價過低，而這份評價從道德上延伸到呂布的智商上，顯然有失公允。

在這個年代沒什麼武將了，靠大家賞飯吃的公眾人物倒是一堆。

先拿作家來說好了，要怎麼毀掉一個作家呢？其法有三：

新手剛出書。貶市場有收無類，感嘆這年頭什麼人都可以出書。

作家甫登排行榜。貶大批讀者腦殘，泱泱書市竟無好手。

作家屢屢暢銷——貶作家太市場，譁眾取寵！

這三大句話不只可以用來毀掉作家，任何公眾人物都能殲滅。不過這三大句話只有貶敵之能，並無抬己之效，因為濫擲批評並無法實際提高自己的層次，有的只是在發出批評時心裡產生的、那麼一丁點兒的快感。

批評別人很容易，這句話大家都懂。

但批評別人到底有多容易？

幾年前，大陸年輕網路作家韓寒剛出道時引起一陣旋風，他的言辭鋒利跟他的銷售數字同樣教人驚訝。某次在新書發表會現場，一個老教授舉手發言，長篇大論了網路文學的淺薄與空洞。

只見韓寒接過麥克風，冷冷問了一句：「請問我這本書的主角名字是什麼？」

老教授獃住，支支吾吾答不上來。

韓寒不屑道：「沒看書就閉嘴。」

大概就是這麼容易。

許多在大學開設網路文學通識課程的老師，根本就沒看過網路小說。許多聲稱在做網路文學研究的教授，根本就沒看過一本網路小說，他們用一句：「看不下去。」就打發了文本分析的基本功。美其名說這些人是用嚴謹的知識訓練去進行研究，不如說，他們用的只是頭銜的驕傲，與學術上的權力。

對於這些造作的假批判，作家Steve Mirsky的說法讓人拍案叫絕：「一流的虛矯知識份子的特徵，就是不讀原書，只讀書評，然後還可以假裝真的知道什麼似的評論一番。一個虛矯的知識份子也會使用『虛矯』這個字眼。」

撇開我最常提的作家生態，這年頭對公眾人物最殘酷的批判，絕不是來自另一個公眾人物之口。比起引述一個大牌對另一個大牌的酸言酸語，網路才是一個真正血腥的地方。

在網路上，除了明星藝人的家族網頁外，幾乎都是各式各樣對公眾人物的冷言冷語。不管是誰，只要一演偶像劇，沒有人能逃過「沒演技」的評語。

你根本不需要看「我愛黑澀會」或「模范棒棒堂」，就可以跟著許多網友發酸：「什麼肉棒堂男孩，這年頭只要夠白癡，誰都可以當藝人嗎？」然後一堆六年級生開始緬懷當年的小虎隊，感嘆小虎隊才是優質的偶像團體。

你無須聽過樂團五月天的最新專輯，就可以輕率地說：「他們是越來越紅，但也真的是越來越退步。」現在正逐漸嶄露頭角的樂團蘇打綠，讚賞的聲音遠遠大過批判的碎語，但蘇打綠根本不需要做什麼狗屁倒灶的事，等他們更暢銷之後，網友自然就會為他們找到他們的歌變成狗屁倒灶的證據。

很多網友都很喜歡拿大紅大紫後的周杰倫開刀，說他的音樂越來越墮落，而這些網友很多都以嗜聽獨立製作的音樂沾沾自喜，卻很少人知道，很酷又極有風格的獨立音樂製作人陳姍妮，可是周杰倫的粉絲！

不過也不是所有的藝人都會被網友處決，有兩種人常能倖免。

那就是死人，或是接近死人。

許多明星藝人往往得等到他們過氣了，甚至翹毛了，才會出現很多遲到的喝采：「比起現在的誰誰誰，某某某的創作才是經典！」

這些無的放矢的背後真相，往往不是看當紅的明星不順眼，而是一種習慣性的、將批判他人當作強化自我品味的語術……尤其在喜歡的女生面前，男生很容易就變成反偶像崇拜的先鋒，好像只要幹幾句檯面上的人物，自己就可以多些斤兩似的。

經常被網友形容成花癡、賣騷的老女人、自以為是的腦殘女星卡麥蓉迪亞說：

「名與利我這輩子都有了，如果能有來生，我希望能生在一個健康的好地方，既不想受虐，也不想當個可憐的受氣包。不過對於財富與名氣，我也敬謝不敏——因為當一個名人，別人總會覺得你欠他們什麼。」

說的，真好！

（東立出版提供）

▲我很喜歡《火鳳燎原》，黑頁置中的句子尤其著迷。
據雙方讀者說，陳某跟我長得很像。
我看過照片，嗯，我必須強調，像歸像，但陳某胖多了好嗎！
此外，連家恩也跟我們長得很像（攀起關係來了）。

盲腸的心理測驗

中學時大家都很熱衷玩心理測驗，報紙上的、筆友雜誌上的，甚至還有專門蒐集心理測驗的實體書在班上桌底傳來傳去。

每次在課堂上偷偷做完一個有趣的題目，就會有人遞過紙條問我：「喂！我猜你剛剛是選C吧？」我回寫：「林老師咧，我選的是A！難道你選C？」一場小討論於焉開始。

後來網路時代來臨，各式各樣的心理測驗題目直接在網頁上就可以點選，題型也越來越辛辣、活潑、無厘頭，而提供的答案也很令人噴飯。越KUSO的題目越多人踴躍回答，有的還可以算出你的前世是哪一種植物，或是你前世千奇百怪的離奇死法。

於是我的bbs留言板上經常充斥這樣的現象：只要有人順手將心理測驗的題目放在網路上，幾乎每個做完的人都迫不及待將分析的結果回文在網上，希望讓別人看看他們是什麼樣的人——但這些人顯然並不對其他人做完分析的結果感興趣。

那時我才恍然大悟，為什麼上了大學，我對心理測驗突然冷感的原因。

做心理測驗時最怕寂寞，如果沒人問我結果是什麼，我答題就提不起勁。但別人怎麼會對我的答案感到興趣？往往只是希望我回問一句：「那你呢？你選哪個答案？」

話說心理測驗不管準或不準，好像都沒什麼用。我們鮮少會聽到一個人瞪著雜誌上的測驗專欄、苦苦思索針對分析的答案所為何來，而是直截了當的兩句話：「真的很準耶！」或「什麼嘛，一點都不準！」

你瞧，所謂的心理分析根本不能幫你找出一個不認識的你。你自己是什麼樣子的自己最清楚，也老早就清楚。既然如此，你幹嘛花時間做心理測驗？

由此可見心理測驗對大多數的人來說僅僅是打發時間的娛樂，附帶功能則超級盲腸——請你用你對自己的認識，幫忙確認這個心理測驗準不準！

兩年前，我受邀參與一場談論創意的聯合座談會裡，聽到一個定期定量生產心理測驗的講師回憶他的「出題經驗」。他並非心理學本科系出身，窮極無聊在網路上設計有趣的小心理測驗，網友的點閱率居然很不錯，因此受到雜誌邀約開始職業出題的生涯，最後還紅到了大陸，年收入上百萬。

成名之後，他有點惶恐自己的專業遭到質疑，於是努力進修，一頭燒想考進心理學相關的系所，好把文憑擺在牆上供養——這位心理測驗「專家」顯然是多慮了，著迷於心理測驗的讀者哪管你那麼多？有趣就行啦！

不過，一旁聽講的我則大受啟發，回家後哈哈大笑寫了一段毫無根據的心理測驗，印成小冊子當作新書《殺手》裡的贈品。

現在我也來寫上一段。

請問：烈日高懸，正從7-11走出來的你，看見一個正在十字路口賣玉蘭花的老婆婆慢慢走近一台黑色轎車，轎車將玻璃慢慢降下。此時老婆婆突然從花籃裡掏出手槍，朝車裡砰砰開了兩槍。

你會？

A，一切都是幻覺，嚇不倒我的。

B，打電話給邱毅爆料，說你終於找到是誰射的兩發子彈。

C，機警拿起手機，第一時間拍下遭到槍擊的車子車牌。

D，日行一善，大方走過去跟老婆婆買玉蘭花。

F，左顧右盼尋找藏在某處的綜藝節目攝影機，大叫：「媽！我上電視啦！」

◀左邊是在偶像劇「轉角，遇到愛」裡飾演「九把刀」的陳彥儒。
雖然我對劇中的角色擁有大舌頭感到很無言，但這其實不是陳彥儒的錯，他演得很好，很有喜感，雖然只有短暫的相處，還是觀察得出他是個細心體貼的人。
此外，「轉角，遇到愛」是我的經紀人柴智屏寫的劇本，不是我啦，別再相信沒有根據的說法了！！

答案在這邊，自己連連看喔。

答A的人：很愛看電影的你，很有自信能在關鍵時刻接下子彈吼！

答B的人：能毫不猶豫做出這判斷，你家裡一定堆滿購物台分期付款的產品。

答C的人：你是白癡。白癡，白癡，白癡！

答D的人：好人好狗運，萬中選一的練武奇才，就是——你！

答F的人：你是個堅強的、土生土長的台灣人，什麼困難都擋不了你啦！

至於問為什麼沒有答案E的人，吼，這麼龜毛，很不適合玩心理測驗！

所謂的自我實現

幾個月前接受《今週刊》採訪，大題目是：「如何才算是富足的人生」。對我來說，這個題目非常陌生，感覺起來就像格式標準的作文題目。我幾乎沒想過什麼樣的人生才算富足、怎樣才算不枉在人間走此一遭。

倒是我很清楚，怎麼樣會不快樂。

例如整天渾渾噩噩。例如被甩。例如狗狗死掉的時候我不在身邊。例如大學沒錢吃飯時一直在床底下蒐集失落的一元銅板。例如媽媽生病。例如聽媽媽回憶當初是怎麼繳不出我們兄弟的學費、幾度跟親戚開口周轉的窘困。

記得我是這麼跟記者說的：「你們一定採訪過很多有錢人吧？有錢人總是宣揚跟賺錢無關的人生信仰。但我很好奇，如果把我的存摺簿跟那些在訪談裡聲稱只要日子過得平凡喜樂、才是真正富足的有錢人交換一下，看看那堆有錢人還會不會那麼多廢話。」

大概是缺乏想像力，我給記者的答案很拙劣：「我覺得要踏實的工作，每個月踏實地得到像樣的收入，家人生病時不需要借錢看病，小孩不需要穿鬆掉的襪子，才有真正的脾性去談精神上的富足。」

這不只是選擇麵包還是選擇愛情的老話。我心底是相信大家都需要腳踏實地生活、一點一滴餵飽存摺，才能獲得不須提心吊膽的心靈富足。

這樣的心裡話，對我來說根本就不需要建立論點去說服別人，因為無須說服，大家都得好好生活。

技術上，也很難拿這樣平凡至極的心裡話，去激勵另一個缺乏快樂的人——而通常，那些自認缺乏快樂的人已有了更理想的方案，他們的書架上好整以暇堆了幾位暢銷作家的勵志文，裡頭孜孜不倦教導你如何從生活中獲取快樂的小祕方，有些句子不僅唸起來很睿智，還贈送押韻方便你記憶！

媒體總是喜歡採訪成功人士對人生的種種體悟，無可厚非，但有本網友送我的書《黑牢訪談錄》，裡頭一個死刑犯冷冷對成功人士發出評語，他說：「所謂的自我實現，不過是花一分力氣，佔十分便宜。」我讀了很有感觸。

報紙雜誌告訴了我們太多某某影星代言產品一口氣賺到了七位數的報酬。

某某歌手專輯大賣，銷售數字捲走了你終其一生都賺不到的幾箱鈔票。

某個詞曲家寫了一首暢銷金曲，只要你在KTV點唱一次就得付他兩塊錢，每年光點唱費就坐收百萬千萬。

我無意批評這樣的成功模式，更無意暗指拿走鉅額報酬是一種邪惡，只是媒體太強調這些光環，亮得讓人有點刺眼。

而那些在貧困與殘疾裡奮力掙扎的小人物，則在電視報紙裡代表了另一個意義，那些意義由集體喟嘆、同情、設身處境、回憶轉置、戲劇救贖等構造而成，跟「媒體塑造的那種成功」搭不上邊，而是一種安慰劑——那些不認輸的小人物縮影彷彿在告訴我們，也許我們無法參加鴻海的尾牙，至少也別氣餒，比我們辛苦的人慘了十幾條街，而他們以超人的意志力從泥巴裡打滾出了一片天，我們當然不必愁眉苦臉。

……勵志，但總有些怪怪的，幹嘛一定要拿超慘的人提醒大家應該滿足？

或許也無所謂吧。

井上雄彥在《浪人劍客》裡，藉活在哥哥吉岡清十郎陰影下的傳七郎說：「若像鷲一樣在空中飛，就看不到螞蟻的步伐。但是牠們的確在行走著，而且是一步一步，一邊品嚐著喜悅，一邊走吧。」

所謂對富足的定義，在我這種螞蟻般的小人物看起來，與其花時間去思考它、談論它、概念它，還不如直接把日常生活過得紮實點。也許自然而然，什麼是真正的富足也就不是那麼重要，還能奢侈地擁有一些夢想。

文末要跟大家深深鞠躬，在中國時報為期一年的三少四壯專欄在此告一段落。這一年是很豐富、很愉快的經驗，每週日都很期待在報紙上看到我的守備，看我媽媽拿著剪刀小心翼翼把它裁下來，在背面塗上膠水，貼在筆記簿裡。

現在的我正在二水鄉，用替代役的餘暇時光修改這本由專欄文集結成冊的書。

每天早上晨跑三千公尺，回到宿舍洗個澡，到早餐店買份超好吃的二十元加辣炒麵，然後到鄉公所簽到上班。翻著二水鄉的文史誌，規劃著怎麼騎機車，怎麼幫助一年一度盛大的跑水祭。在公所的阿姨姊姊們的笑聲中度過八個小時。

下班了，吃個排骨飯，再租幾本漫畫回到宿舍後，就是我創作的美好時光。

一切都很好。

我覺得自己很幸運。

往後我還想繼續幸運下去。

因為我明白，幸運是留給最努力的人。

——敬大家。

（尖端出版提供）

▲我跟大家一樣，都很喜歡井上雄彥的作品。
尤其《灌籃高手》中湘北與山王的全國大賽，最後幾秒，櫻木在籃下等候死對頭流川的傳球之際，張開手，說了一句讓我全身毛細孔都震動起來的對白。
有很長一段時間，我的演講題目就叫「左手只是輔助」。
在人生某個關鍵時刻，我也希望能脫口說出熱血的密語，做出戰鬥的選擇。
那個畫面一定很棒。

《特別收錄》價值三十三塊錢的徒步旅行

寫於2004.10.16

該邊一直有個計畫，要作腳的旅行。

這個關於腳的旅行計畫，預計從台北直下，走回我們共同的故鄉彰化。

該邊在網路班板上這麼說的時候，大家都覺得很扯，只有我一個人覺得超屌，認為實踐性的價值很高，畢竟用腳很瘦的代價，就可以貫徹一件值得說嘴的事，體驗把腳飆到快報廢的感覺。

但這件事一擱著，大概躺了有兩、三年之久都沒人提，直到該邊研究所畢業要去當兵的前一個禮拜，該邊才將地圖折好，套上最舒服的長褲，穿上破爛掉也不介意的鞋子，背了一個塞滿外套與內褲的大包包，在網路上預告他的徒步旅行即將開始。

不過受到種種當兵時間上的限制，他只能走到新竹。但那已經很了不起。

該邊出發前的那晚，他拎著筆記型電腦過來找我，要我幫他將電腦帶回彰化，好讓他少一個負擔。

接過了電腦，我們一起在路邊吃焢肉飯，當作餞行。

「其實要不是後天我有個編劇會議要開，我真的會考慮跟你一起走。」我說。

但還有一個不能成行的理由，就是我有坐骨神經痛，久坐或久站，椎間盤突出壓迫到神經，屁股、大腿跟小腿都會痠麻，起因於我長期賴在椅子上敲鍵盤的鳥病。為此我必須經常變換姿勢。

■ ■ ■

顯然我不適合旅行式的長途走路，怕拖累到夥伴，所以我努力壓抑一塊走的念頭。

「是喔？不如等一下把電腦放在你住的那邊，然後一起走啊！」該邊說。

我怔了一下。

「三分鐘內不要跟我說話，我想一下。」我陷入苦思。

突然決定加入這麼屌的事，應該只有更屌吧？

「很屌麼？」我猶豫不決。

「很屌！」該邊豎起大拇指。

我住板橋，於是將電腦拿回我住處後，整理一下東西（牙刷、內褲、巧克力四條、感冒糖漿一罐），我們便從板橋走起，還買了台用完即棄型的即可拍相機帶著。

值得一提的是，在步出住處時我看見該邊的手上拿著根木棍，不免感到好笑。

「打狗用的麼？又不是去登山。」我嗤之以鼻。

「這是我從掃把上拆下來的，拿來防身。」該邊正經，耍了幾下棍子。

我瞥眼瞧見牆腳的拖把。

那是支夾著吸水橡膠的新式拖把，如果……

海那個摩門特，我感覺到有一股神祕的力量勾引我做出不正常的事。

「會很屌。」該邊看穿了我的意圖。

於是我扛起了莫名其妙的拖把，當作這場旅程的第一個註解。

■ ■ ■

我們的計畫是這樣的，沿著最明白不過的鐵軌路線走，然後在各個城鎮的火車站買月台票作紀念。首先自板橋走到樹林過夜，隔天再一鼓作氣穿過山佳跟鶯歌，最後我停在桃園坐火車回台北，放該邊一人獨自走下去。

八點四十五出發，九點到板橋火車站，該邊買了第一張月台票。

我注意到自強號到桃園的票價是五十塊。

「所以我們走到桃園，足足省下五十塊錢，應該想想該怎麼用這五十塊好好慶祝一下。」我說，將照相機放在柱子的突出上。

「應該只能買便當吃吧。」該邊用棍子敲在照相機的按鈕上，拍下我們第一張合照。

■ ■ ■

旅程正式展開。

我是個悲觀主義者，路也不認識我，我打心底一直認為走到樹林百分之百會超晚的，但該邊很篤定可以在十二點以前趕到，大概是想用唬我的方式激起我的鬥志，但我一直是抱持著「突然興起這麼幹的念頭、然後摳摳鼻孔去幹下去，總之一定超屌」的念頭下去支撐這趟旅程，所以越是疲憊越有意思。

走著走著，來到了藝術大學前，我們將拖把跟木棍擺在校門口，任由裡頭年輕女孩的味道將我們吸引進去休息。

這是間很漂亮很年輕的學校呢！

我跟該邊坐在籃球場旁的不知名建築物下，階梯上坐滿了五花八門的女孩，由於太過眼花撩亂心花怒放花枝招展，我們只好專心猛盯著一個長得很像錢韋杉的女孩看。錢同學似乎在等人（在等我們麼？），一直抿嘴顧盼，後來一個不留神竟然憑空消失了，研判是靈異現象。

■■■

吸飽年輕女孩的氣息，我們也補充好體力，於是繼續前進。

我一邊走路一邊聽著iPod-mini，累的時候就抓起拖把當麥克風唱歌，當時的主題曲是皇后樂團那首「I love u love u love u love u love u love……」，亂有朝氣。

沿途不管是路邊攤或是便利商店或路人，都對我為什麼會拿一把

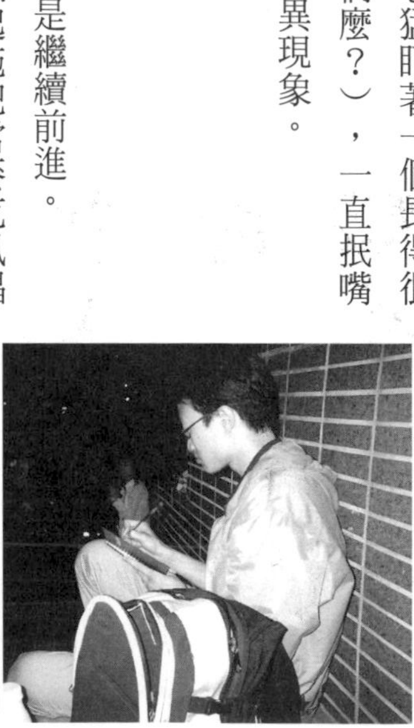

拖把走路感到好奇，我也一直問該邊「喂！他們有沒有在看我！」只要該邊說有，我就覺得自己好神氣。

我懂，是因為我幼稚的關係。我也很好奇我到了三十歲還會不會這個樣子，算一算只剩四年，這種幼稚的病恐怕還會繼續下去。（小內：你是！）

其實在晚上趕路算是比較不累的，因為天氣涼爽。但黑漆漆的，實在怕鬼打牆，有幾次都出現地圖無法詳述的困境，或走到前方一望無際漆黑的鬼地方。

「你怎麼知道要走這條而不是那條？」我狐疑，越走越睏。

「……」該邊搔搔頭：「應該是啦。」

「你要說：『因為我走過』。」我建議，這樣最令人放心了。

「對喔，因為我走過。」該邊同意。

就這麼定調了。

以後要是我再問同一句話，該邊就如此答我，我也就摸摸鼻子。

■ ■ ■

不過該邊真的挺有一套，明明就是一張大比例尺的地圖，但他配合著指南針總是能夠找到堪稱正確的路，對我來說這是很不可思議的事，如果以後我要養條新的狗，也要有這種附加功能的保證書。

（刀：這篇文章是三年前寫的，現在驗證一下……嗯，人生果然是不停的戰鬥（蝦小？）。）

跨越一座大橋後，不多久就到了樹林，十一點半。

走了三個小時，我很累了，很想立刻洗個熱水澡就睡覺，但該邊很想在火車站睡覺，畢竟是一種體驗。

該邊想住火車站的程度，已到了一種偏執，執迷不悟，死胡同，欲罷不能的地步。一個人只要在某件事鑽牛角尖到了這個地步，就值得別人的尊敬。

我精神上同意，但被疲勞蠶食鯨吞的肉體可不這麼認為。

「睡火車站，我就炸掉給你看！」我的大腿突然皺起眉頭。

是的，我的腳需要伸直，需要好的睡眠品質養好明天直衝桃園的體力。

「如果我只有一個人的話，我可能不敢一個人睡火車站，所以趁你在的時候睡火車站體驗體驗，我一個人再去睡旅社。」這

是該邊的論點。

於是我們在夜市吃完熱豆花後，便開始觀察樹林火車站該怎麼睡。

樹林火車站很新很大，簡直大得莫名其妙，滯留在車站的流浪漢很少。

我隱約感覺到有股不祥的念籠罩著，用凱特的話來說，就是「小傑！快逃吧！」的那種帶著惡意的念。

我可不是指那些流浪漢不斷覬覦我手中麥克風這件事，而是我有了這間火車站晚上不能睡人的直覺——不是會有警察巡邏趕人，就是睡到一半被管理員拍醒。

■■■

果然，當我跟該邊在廁所洗臉刷牙完，正打算去寄物櫃放包包時，管理員已經開始搖手趕人了。

我第一次聽到有火車站要拉下鐵門這種事，不過總算是親眼見識了。

「怎辦？乾脆找間便宜的旅社睡一覺吧。」我說，眼睛看著一間爛旅社。

「不如我們走去山佳，那邊應該可以睡人。」該邊還是很想睡火車站。

於是再度展開一場意外的夜行攻堅。

■　■　■

晚上的砂石車跟貨車還是挺多，所以我們都盡量靠左邊走，天橋下或地下道附近都有野狗在怒吠，氣氛頗為緊繃，這時我們會掄起木棍跟麥克風防身。如果用「凝」來看，說不定會發現更多世界奇妙物語。

走得很累，但我一直竭力在想，是不是有可能把這篇遊記用一種刻意附帶著某種感觸、或是某種形而上的意義，寫成一篇足以投稿文學獎的東西？

我認為很多人在飆文學獎的態度大多是虛偽不實的，刻意濫情又自溺，許多得獎文都給了我「這傢伙不斷在做著迴光返照似的喇賽」如此的印象。

〈綠色的馬〉那篇我拿去飆文學獎的東西，就是在嘲諷那樣的偽狀態。若一個徒有文筆毫無創意的人要投文學獎，只要抱持著〈綠色的馬〉裡那位機掰美術老師的視野下去穿鑿敲打就行了。

所以我也試著在旅行中努力穿鑿些什麼，也努力洞察我沒有意識到的偽意義。

但很不幸，我始終停滯在「呵呵，一定很屌」這樣的破爛迷思裡，因為我就是如此破爛的一個人。除此之外，就是我的大腿正在發出悲鳴的撕裂聲。

到了山佳，已經兩點多了。

山佳果然是個小車站，燈熄了，只留下紅色的警戒燈。

我們在山佳車站前昏黃的路燈下，拍了鐵定鳥掉的照片，然後就迫不及待縮在座位上開始睡覺。

■ ■ ■

山佳靠山，夜晚很冷，越接近天亮氣溫就越低。

不過我不怕，因為我長期鍛鍊易筋經的關係，就算要睡在冰箱裡我也甘之如飴，要知道我小時候也是睡過寒玉床的，內功一日千里。

可怕的是，山佳喪心病狂的蚊子居然不怕冷，還在我的耳邊死沒人性地嗡嗡嗡嗡，然後突襲我好不容易才勉強曲起來的腿。

最後我被叮得受不了，腳也曲得很不舒服，於是乾脆放棄睡覺，坐了起來啃巧克力冥思。

又累又無法休息又無聊，真想找點事做。

我並不能以常人論之，我可是帶了後天要討論的劇本大綱出來的硬漢，本打

算住旅社睡前可以翻個大概，但此刻無比寂寥，卻沒有充足的燈光好閱讀，要睡也是絕無可能，只好安慰自己明天天一亮，一有火車我就回到台北補眠。畢竟隔天我就要去公司開編劇會議，也有兩好三壞跟獵命師的稿子要趕。事情一堆。

該邊最後也坐了起來，蜷趴在前面的椅子上，顯然也不是很舒服。

慘。

天亮，我幾乎靈魂出竅地跟該邊說我要回去了，但終究還是一起吃了早餐先。

早飯時，該邊居然說服我一起走到鶯歌再找旅社睡覺，充分休息後再趕往桃園。因為桃園有個我們以前都很喜歡的女孩，該邊想順道去看看，一起吃個飯。

可惡。被擊中要害。

於是在毫無睡眠休息的情況下，我們再度朦朦朧朧地踏著省道前進，一大早的，砂石車跟拖板車就飆滿了省道，所以也不能真的閉著眼睛走路，免得走到一半發現四周都是白色浮雲，還有美妙的豎琴聲。

■ ■ ■

到了鶯歌已經是八點多，住進一間願意讓我們睡到下午兩點的旅社。

普普通通的房間貼心地準備了個保險套，但我既不想搞該邊、該邊也沒力氣搞我，所以只好可惜了保險套。

痛快地睡了五個小時。

■ ■ ■

當我們check out時，熟女老闆娘努力裝出對我們的徒步旅行感到興趣的樣子，問東問西的，也終於注意到我那偽裝成拖把的麥克風。

「為什麼要拿拖把啊？」熟女老闆娘吃吃笑著。

「什麼拖把？」我東張西望，最後將目光停在手上：「喔，妳是說我的麥克風喔！扣扣，扣扣，麥克風測試！」

熟女老闆娘來不及與我們有一段孽緣，就依依不捨地目送我們離開。

養足了力氣，洗過了熱水澡，我們精神奕奕地跨過有點坡度的道路，以每小時四公里的速度朝著桃園邁進。沿途啃起甘蔗，還在公園遇到一條叫做黑仔的漂亮小母狗。

黑仔的胸型很美，擁有美乳、細長睫毛，腿又細長，毛色黑金發亮，脾氣乖巧，要是我是一條公狗，我一定會將最好的肉分給她吃，然後用舌頭幫她將耳朵後面的跳蚤舔光光。

雖然黑仔肚子很餓一直巴結我們，但她對我咬在地上的甘蔗興趣缺缺，我們手邊也沒別的東西好餵她，只好祈禱一路尾隨的黑仔能夠跟我們一起撞見7-11，好一起吃個熱包子。

可惜，黑仔跟到靠近火車站地下道的地方就放棄了，再過去似乎就超出她所習慣的地域。黑仔捲起尾巴就往後走。我有點感傷，希望漂亮如她能夠找到好主人或好包子。

其實後來從鶯歌走到桃園這段路，雖然還是腳痠，不過崩裂的大腿已經習慣了這樣的節奏，還挺能適應的。加上兩人嘴巴還是一直嘰嘰喳喳亂搭奇怪的話，所以注意力散得很開。

到了桃園火車站才晚上六點多，該邊打電話給文姿（是的，就是《愛情，兩好三壞》裡的那頭文姿）約吃飯，可文姿排晚班，要一直到九點半才下班。累積很多事情沒做的我可等不了這麼久，雖然我可是卯起來走到這裡。如此遺憾，我跟該邊吃過飯就先走了。

不過我搭的是復興號，票價只有三十三塊錢，跟想像的五十元相差甚鉅。

「原來這一趟走下來只省了三十三塊錢。」我爽然若失。

「真捨不得呢。」該邊說，底下的褲子高高隆起。

他幻想可以借住在文姿家一晚很久了，少了一個我，他大概覺得比較不棘手了吧（真是太天真了）。

我將拖把造型的麥克風交給該邊，託他轉交給文姿，說是我一路辛苦拿來的禮物，請她務必接受。

■ ■ ■

留下一張很屌的分離照後，我就坐上復興號，恍恍惚惚地回到板橋。

一切都好像做夢般，我也無法辨識這個突發事件到底有沒有很屌，還是很笨。

■ ■ ■

兩天後，該邊回到彰化，路過我家時順便拿回電腦背包。

該邊一身風塵僕僕的臭味，顯然沒有洗澡。

一問，他居然又去睡火車站。

「文姿有跟拖把合照喔！她說好奇怪喔！」該邊豎起大拇指。

「是很奇怪啊。」我欣然接受。

■ ■ ■

於是有了一篇不像樣的遊記，跟文學獎差上十萬八千里的鳥文。

但總算起了個尚稱不賴的文章名呢！

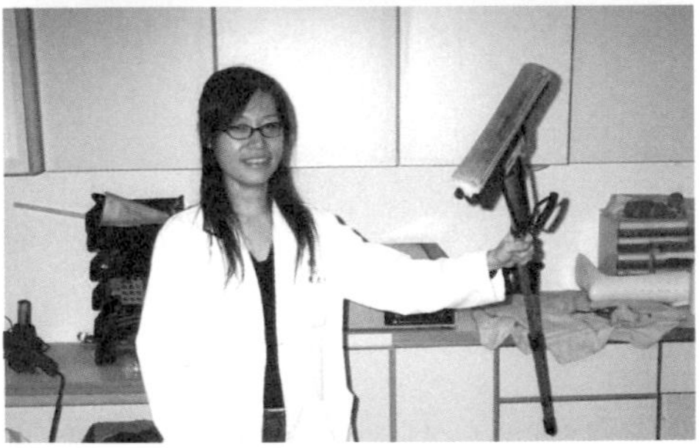

〔九把刀電影院 7〕

慢慢來，比較快

作　　者／九把刀
作家經紀・活動洽詢／群星瑞智藝能有限公司（02-55565900）
企劃主編／莊宜勳
封面設計／聶永真
內頁設計／黃若軒 N2Design Studio

發行人／蘇彥誠
出版者／春天出版國際文化有限公司
地址／台北市忠孝東路四段303號4樓-1
電話／02-2721-9302
傳真／02-2721-9674
E-mail／frank.spring@msa.hinet.net
網址／www.bookspring.com.tw
郵政帳號／19705538
戶名／春天出版國際文化有限公司
法律顧問／蕭顯忠律師事務所
出版日期／二〇〇七年十月初版一刷
　　　　　二〇一一年六月初版52刷
定價／280元

總經銷／楨德圖書事業股份有限公司
地址／台北縣新店市復興路45號3樓
電話／02-2219-2839
傳真／02-8667-2510
印刷所／鴻霖印刷傳媒股份有限公司

ISBN：978-986-6899-84-3
Printed in Taiwan

國家圖書館出版品預行編目資料

慢慢來，比較快／九把刀著. -- 初版 . -- 臺北市：
春天出版國際, 2007.09
面； 公分. -- （九把刀電影院；7）
ISBN 978-986-6899-84-3（平裝）

855 96017418

S P R I N G

每一本好書都是一顆種子，
春天播種在你的心田夢土上。

Spring

S P R I N G

每一本好書都是一顆種子，
春天播種在你的心田夢土上。

Spring

S P R I N G

每一本好書都是一顆種子，
春天播種在你的心田夢土上。